दुल्हन नहीं आइ

दुल्हन नहीं आई

डॉ. आलोक प्रकाश

प्रकाशक
प्रभात प्रकाशन प्रा. लि.
4/19 आसफ अली रोड, नई दिल्ली–110002
फोन : 011–23289777 • हेल्पलाइन नं. : 7827007777
इ–मेल : prabhatbooks@gmail.com ❖ वेब ठिकाना : www.prabhatbooks.com

संस्करण
प्रथम, 2023

पेपरबैक मूल्य
दो सौ पचास रुपए

मुद्रक
आर–टेक ऑफसेट प्रिंटर्स, दिल्ली

———— ★ ————

DULHAN NAHIN AAYI
novel by Dr. Alok Prakash

Published by **PRABHAT PRAKASHAN PVT. LTD.**
4/19 Asaf Ali Road, New Delhi-110002

ISBN 978-93-5521-769-1

₹ 250.00 (PB)

1

सुबह के साढ़े नौ बज रहे थे।

दीपक अभी-अभी ऑफिस पहुँचा था। केबिन में कदम रखते ही प्यून आकर बता गया कि मैनेजर उसे बुला रहे हैं। दीपक को कुछ अच्छा नहीं लगा, क्योंकि अमूमन मैनेजर इतनी सुबह कभी ऑफिस नहीं आते थे और न ही कभी उसे अपने केबिन में बुलाते थे।

"दीपक, गुड़गाँववाले क्लाइंट ने प्रोजेक्ट देने से मना क्यों कर दिया?" मैनेजर ने दीपक से पूछा।

"उसकी जो रिक्वायरमेंट थी, वह हम नहीं दे सकते।" दीपक ने कहा।

"नहीं दे सकते? इसका क्या मतलब है?" मैनेजर ने लगभग डाँटते हुए पूछा।

"मतलब यह कि सर…" दीपक कुछ कहना चाह रहा था।

"क्या सर…हाँय! न्यूलाइन इंफोटेक कंपनी के असिस्टेंट मैनेजर हो तुम। तुम्हारी जिम्मेदारी है कि क्लाइंट अपना काम कराके हमसे प्रोजेक्ट वापस न लेने पाए।" मैनेजर ने चीखते हुए कहा। उसकी त्योरियाँ चढ़ने लगी थीं।

"बट सर…" दीपक ने इतना ही कहा था कि मैनेजर ने हाथ के इशारे से उसे बोलने से रोक दिया।

"बट-वट, लेकिन-वेकिन कुछ नहीं जानता मैं। जाओ, अभी उसको कॉल करो और सारे रिक्वायरमेंट पूरा करने की बात करो।" मैनेजर ने तल्ख अंदाज में कहा।

दीपक के लिए मैनेजर का यह व्यवहार अप्रत्याशित था। दीपक गुस्से में केबिन से बाहर निकल आया। पहली बार मैनेजर ने इस तरह से बात की थी

उससे, बस इसी बात का बुरा लगा था दीपक को। इसलिए वह झल्लाते हुए अपने केबिन में जाकर कुरसी पर धप्प से बैठ गया और न जाने कैसे-कैसे खयाल दिमाग में लाने लगा।

उसी गुस्से में दीपक ने क्लाइंट को कॉल भी की, लेकिन उसकी कॉल लगी ही नहीं।

दीपक अभी ही तो ऑफिस पहुँचा था और अभी-अभी ही उसे डाँट पड़ गई। रास्ते में वह दो बार एक्सीडेंट होने से बचा था। एक बार रेड लाइट पर और दूसरी बार ऑफिस की पार्किंग में दाखिल होने से पहले। और एकदम सुबह ही तो गाँव से जब उसके पापा का फोन आया था तो वहाँ से भी किसी के अपने के गुजर जाने की मनहूस खबर मिली थी। दीपक सुबह से परेशान था कि हर पल कुछ अजीब सा घटता जा रहा है। ऐसा क्यों है भला, उसे कुछ समझ में नहीं आ रहा था!

होता है कोई-कोई दिन ऐसा, जब अनहोनियाँ आ-आकर परेशान करने लगती हैं और दिल में बेवजह कोई डर पैदा करती रहती हैं। कभी यूँ ही बेवजह आँखें फड़कने लगती हैं या फिर मन का मिजाज बिगड़ने लगता है। दिमाग में उलटे-सीधे खयाल आकर डर के दरवाजे पर दस्तक देते हैं और फिर तो एक कदम भी आगे बढ़ना मुश्किल सा हो जाता है। अचानक दिल जोर-जोर से धड़कने लगता है तो मन कहता है कि सबकुछ छोड़-छाड़कर कहीं भाग जाया जाए। उलझनें बढ़ती जाती हैं और दिमाग में बुरे-बुरे खयाल घर करते जाते हैं। और ऐसे में न चाहते हुए भी गलतियाँ भी खूब होती हैं। हालाँकि दीपक ऐसी गलतियों को होने देने से बचने की पूरी कोशिश कर लेता था।

मौसम बिल्कुल साफ था, लेकिन हवा में एक अजीब सी बेचैनी तैर रही थी। किसी अनहोनी की आशंका से दीपक का दिल रह-रहकर तेजी से धड़क जाया करता था। कितने साल से काम कर रहा था। रोज तो ऐसा नहीं होता था। न उसके ऑफिस जाने का रुटीन बदला था और न ही वक्त में ही कोई हेर-फेर हुआ था। मगर उस दिन में ऐसी क्या बात थी या क्या था, जिसको अपने परों पर उठाए हवाएँ दीपक के चारों ओर मचल रही थीं। फिर ये क्लाइंट का प्रोजेक्ट वापस लेना और फिर मैनेजर की डाँट सुनना।

ऑफिस में उसके अपने केबिन में पहुँचते ही टेबल पर रखी फाइलों और कंप्यूटर ने रोज की तरह 'गुड मॉर्निंग' कहा, लेकिन दीपक को लगा कि वे सब भी उसे कोई इशारा कर रहे हैं। बैग से लैपटॉप निकालकर टेबल पर रखा और कंप्यूटर ऑन करके उसने प्यून से रोज की तरह चाय के बजाय कॉफी लाने को कहा और दोनों हाथों में सिर रखकर बैठ गया। प्यून जब कॉफी लेकर आया और जैसे ही टेबल पर मग रखने लगा, वैसे ही उसके हाथ हलके से काँप गए और कॉफी मग टेबल पर लुढ़क गया। पूरी कॉफी गिरकर फाइलों को अपना स्वाद चखाने लगी। अनहोनियाँ ऐसे भी चली आती हैं कि चाय-कॉफी के कप ही यूँ बिखर जाएँ, जैसे हवा के हलके झोंके से कोई कागज उड़कर टेबल से नीचे गिर जाता है।

झटके से अपना लैपटॉप और मोबाइल उठाते हुए बूढ़े प्यून की लापरवाही पर दीपक झल्ला उठा।

"अरे, अरे! ये क्या किया आपने? ध्यान कहाँ है आपका?" दीपक ने प्यून को डाँटा और लैपटॉप तथा मोबाइल को अपनी चेयर पर रखकर टेबल पर रखी फाइलों को कॉफी से भीगने से बचाने लगा। लेकिन तब तक कुछ फाइलें कॉफी का एक सिप ले चुकी थीं।

'सॉरी' बोलते हुए बूढ़ा प्यून घबराहट में तेजी से अपने काँधे से पोंछा लेकर कॉफी साफ करने लगा। प्यून के जाने के बाद दीपक ने लैपटॉप और मोबाइल को टेबल पर सजाया और लैपटॉप ऑन किया तो उसका सिस्टम भी कुछ परेशान करने लगा। लैपटॉप स्क्रीन पर कोई एरर फ्लैश हो रहा था। सब-तो-सब मशीनें भी अचानक इस तरह हरकत कर सकती हैं, उसे इस बात का अंदाजा नहीं था। दीपक अब परेशान होने लगा। उसके मिजाज में घबराहट पैदा होने लगी, मानो किसी बुरी घटना की आहट मिल रही हो। क्लाइंट के फोन न उठाने की झल्लाहट अभी खत्म भी नहीं हुई थी कि तभी अचानक उसका मोबाइल बज उठा।

"है...है...हैलो! दीपक!" घंटू की कॉल थी। दीपक एक झटके में मोबाइल की तरफ देखने लगा और सोचने लगा कि नामालूम अब कौन सी

बुरी खबर आए। फिर देखा कि यह तो घंटू की कॉल थी, इसलिए एक झटके में कॉल रिसीव कर ली।

"ह···हाँ···हाँ घंटू, बोल।" दीपक ने घबराहट में ही कहा।

दीपक का दोस्त था घनश्याम, जिसे प्यार से वह घंटू कहता था। अकसर लोग अपने दोस्तों को किसी–न–किसी नाम से ही बुलाते हैं। घनश्याम के साथ भी यही मसला था। दरअसल घनश्याम जरा–जरा सी बात पर दीपक को कॉल कर देता था, इसलिए दीपक ने उसका नाम 'घंटू' रख दिया था। दीपक और घंटू शुरू में जब दिल्ली आए थे, तब एक साथ एक ही कंपनी में काम करते थे। दीपक मिर्जापुर से था तो वहीं घंटू बनारस से था। दोनों में खूब छनती थी, क्योंकि दोनों एक ही रूम में रहते थे। बाद में जब घंटू ने गुड़गाँव की कंपनी जॉइन की तो उसे दीपक का साथ छोड़ना पड़ा। लेकिन अब कुछ ही महीने पहले उसने फिर से दिल्ली की कंपनी जॉइन कर ली थी, जो दीपक की कंपनी 'न्यूलाइन इंफोटेक कंपनी' से कुछ ही दूरी पर थी। न्यूलाइन इंफोटेक कंपनी में दीपक असिस्टेंट मैनेजर बन गया था तो वहीं घंटू भी स्पैक इंडिया लिमिटेड कंपनी में सीनियर एक्जीक्यूटिव था। असिस्टेंट मैनेजर बनते ही पिछले साल दीपक ने कार खरीद ली थी, लेकिन घंटू अब भी मोटरसाइकिल से ही चलता था।

"तू···तू···तू ऑफिस पहुँच गया होगा न अभी?" घंटू ने उसी घबराहट में पूछा।

"हाँ, यार···बस अभी पहुँचा हूँ। लेकिन तू इतना घबराया हुआ क्यों है? तू है कहाँ?" दीपक ने उसकी हालत भाँपकर कुछ परेशान होते हुए पूछा।

"एक्सीडेंट हो गया है यार···हाथ में माइनर फ्रैक्चर है।" घंटू ने रुक–रुककर बताया।

"व्हाट! एक्सीडेंट हो गया है! कब?" दीपक अपनी सीट से उठ खड़ा हो गया।

"कल रात में···ऑफिस से घर लौटते वक्त बाइक से गिर गया था।" घंटू ने बताया।

"और तू अब बता रहा है?" दीपक गुस्से में घंटू पर चिल्लाया।

"माइनर फ्रैक्चर है यार···दो दिन में डिस्चार्ज हो जाऊँगा।" घंटू ने अपनी

घबराहट में थोड़ी हँसी मिलाते हुए कहा।

"कुछ भी हुआ हो यार···लेकिन बताना तो चाहिए था न···कल रात···?" दीपक झल्लाया।

"अरे, परेशान ना हो भाई! मैं ठीक हूँ अब।" दीपक की बात काटते हुए घंटू ने हँसते हुए कहा।

"तू साले घंटू का घंटू ही रहेगा। तू किस हॉस्पिटल में है अभी? उसका एड्रेस भेज, बस मैं अभी आ रहा हूँ। मैं भी कहूँ कि सुबह से आज हो क्या रहा है मेरे साथ!" फोन काटते-काटते दीपक अपने टेबल से सामान उठाकर अपने बैग में रखने लगा। उसने लैपटॉप ऑफ किया और बैग में रखकर उसे अपने ड्रॉअर में रखकर केबिन से बाहर निकल गया। निकलते वक्त उसने अपने मैनेजर को यह बताना भी उचित नहीं समझा कि वह कहाँ जा रहा है। एक खीझ तो पहले से ही थी और अब उसके दोस्त घंटू का एक्सीडेंट! बुरे खयालों की लिस्ट फिर से अपडेट होकर और भी बढ़ने लगी।

दीपक जल्दी-जल्दी अपने ऑफिस से अस्पताल के लिए निकला। लिफ्ट लेकर सातवें फ्लोर से नीचे आया और कंपनी के गेट पर आकर उसने टाइम देखा तो दस बज चुके थे।

कार पार्किंग में पहुँचते ही दीपक के मोबाइल की मैसेज बेल बजी। घंटू ने अस्पताल का पता मैसेज किया था। उसने मैसेज देखा और फिर मोबाइल जेब में रखकर कार में बैठ गया। फटाफट सीट बेल्ट लगाई और कार स्टार्ट कर दी। अगले ही पल उसकी कार सड़क पर फर्राटेदार दौड़ने लगी।

दिल्ली के कनॉट प्लेस के आउटर सर्किल में न्यूलाइन इंफोटेक कंपनी में दीपक मार्केटिंग डिपार्टमेंट में असिस्टेंट मैनेजर था। एक कड़े संघर्ष और कई छोटी-बड़ी कंपनियों में काम करने के बाद वह इस पद पर पहुँचा था। बड़ी ही लगन और मेहनत से वह काम करता था। अगले कुछ सालों में ही वह मैनेजर भी बन जाएगा, उसे इस बात की पूरी उम्मीद थी। अभी कई ऐसे प्रोजेक्ट चल रहे थे, जिनको पूरा करने के बाद एक बड़ा टारगेट अचीव होनेवाला था। और मार्केटिंग में काम करनेवाले बंदों के लिए टारगेट अचीव हो जाए, तो फिर उसकी तरक्की तो पक्की ही समझी जाती है।

दीपक का घर पूर्वी उत्तर प्रदेश के मिर्जापुर जिले में पड़ता था। वही मिर्जापुर, जो अपने कालीन उद्योगों के लिए दुनिया भर में मशहूर है। इन कालीनों के क्या ही कहने, देश का कोई ऐसा शहर नहीं होगा, जिनके आलीशान घरों के खूबसूरत फर्श पर ये कालीन नहीं बिछे होंगे। मिर्जापुर शहर का जिक्र तो वेदों में भी है और यहीं पर विंध्याचल धाम है, जहाँ माँ भगवती विंध्यवासिनी निवास करती हैं। इन्हीं के नाम से 'विंध्याचल' नामक यह तीर्थ है, जिसकी प्रधानता सभी शक्तिपीठों में शीर्ष मानी जाती है। गंगा नदी के किनारे स्थित यह महातीर्थ हिंदू पौराणिक कथाओं में बहुत ही महत्त्वपूर्ण स्थान रखता है। जाहिर है, ऐसी जगहें भारत के हिंदू श्रद्धालुओं के लिए कितनी अहम होती हैं, यह कोई कहनेवाली बात नहीं है। कितने लोग तो मन्नत तक माँगते हैं कि उनका फलाँ काम हो जाए तो वे भगवती विंध्यवासिनी के दरबार में अपनी हाजिरी लगाएँगे।

दीपक जब भी अपने घर से दिल्ली के लिए चलता तो पहले भगवती विंध्यवासिनी के दर्शन जरूर करता। नौकरी मिलने के बाद से यह काम भी उसके रुटीन में शामिल हो गया था।

दीपक की कार अस्पताल के पार्किंग एरिया में रुकी। वह जल्दी-जल्दी कार से उतरा और कॉरिडोर से होते हुए ऑर्थोपेडिक्स डिपार्टमेंट की तरफ जाने लगा।

अस्पताल के कॉरिडोर में बहुत भीड़ थी। वहाँ पर भर्ती हुए मरीजों के परिजन इधर-उधर बैठे हुए थे। कुछ खड़े भी थे। उन सभी के चेहरों से मरीजों से ज्यादा दर्द झलक रहा था। अस्पताल दुनिया की अकेली वह जगह है, जहाँ मरीजों से ज्यादा दर्द उनके परिजन भुगतते हैं। मरीज को तो जिस्मानी दर्द परेशान करता है, लेकिन उनके परिजन कई तरह की मानसिक परेशानियों से घिरे हुए होते हैं। यही वजह है कि अस्पताल में कभी किसी का चेहरा खुश नजर नहीं आता। किसी मरीज की बीमारी भले ही छोटी हो, लेकिन परिजनों के लिए वह बड़ी मुश्किलें लेकर आती है।

अस्पताल में कोई दवाई की परची लेकर इधर से उधर भाग रहा था तो कोई रिपोर्ट दिखाने के लिए डॉक्टर के आने का इंतजार कर रहा था।

बच्चोंवाले वार्ड में बच्चों के रोने की हृदय-विदारक आवाजें गूँज रही थीं तो वहीं बूढ़े मरीजों की कराहें तो एक अलग ही दर्द को बयाँ कर रही थीं। जरा-मरण के बंधन में लिपटा मानव शरीर व्याधियों का बक्सा है, इसलिए तो जन्म से लेकर मृत्यु तक के सारे आख्यान में शारीरिक कष्ट की अनेक परतें मौजूद होती हैं। यही जीवन है और इस जीवन से मुक्ति का मार्ग भी नहीं है कहीं। धर्म-अध्यात्म की बातों में मुक्ति का मार्ग तो बताया गया है, लेकिन वे भी कहाँ किसी को उसके दर्द से मुक्त कर पाती हैं। मुक्ति तो तभी मिलती है, जब यह जीवन अपनी यात्रा पूरी करके अपने गंतव्य तक पहुँच जाए।

सितंबर महीने के आखिरी दिन चल रहे थे। सुबह के दस बज रहे थे और मौसम भी काफी खुशगवार था, एकदम साफ। आसमान अपने वजूद पर मुस्करा रहा था और हवाएँ बड़ी नरमी लिये इधर-उधर मचल रही थीं। लेकिन अस्पताल में मौजूद हर शख्स के चेहरे पर बारह बजे हुए थे। ऊपर से दवाओं और फर्श साफ हुए फिनाइल की गंध नाक में घुसकर अपना घर बनाने को बेकरार थी। अस्पताल की गंध में न जाने क्या ऐसा होता है, जो सीधा दिमाग की एक सतह को घेर लेता है कि किसी को भी वहाँ होकर सिवाय दुःख के कुछ और जाहिर हो ही नहीं सकता है।

मरीजों के परिजनों के चेहरों को देखता-पढ़ता हुआ दीपक कॉरिडोर में आगे बढ़ रहा था। उसका चेहरा भी गमगीन हो गया था कि पता नहीं उसका दोस्त घंटू किस हाल में होगा! कह तो रहा था कि माइनर फ्रैक्चर है, लेकिन दोस्त कहाँ पूरा सच बताते हैं भला! सच्चे दोस्त अपना दर्द बताकर अपने दोस्त को दुःखी नहीं करना चाहते न, इसलिए।

"भाईसाहब, ये···ये···ऑर्थोपेडिक डिपार्टमेंट किधर है?" कॉरिडोर में दीपक ने एक आदमी से पूछा, जो एक्स-रे की फाइल लिये खड़ा था।

"वो उस तरफ···आगे जाकर बाएँ मुड़ जाइए। सामने जो दरवाजा है, वही है।" उस आदमी ने हाथ का इशारा करके बताया।

उसको थैंक्स बोलकर दीपक तेजी से कॉरिडोर में आगे बढ़ा और बाएँ मुड़कर सामनेवाले दरवाजे से अंदर दाखिल हो गया। दरवाजे पर ही खड़े-खड़े उसने इधर-उधर देखा। दाहिनी तरफवाली दीवार के पास लगे बेड पर

घंटू लेटा हुआ था। बगल में उसकी पहचान की कोई लेडी बैठी हुई थीं। घंटू के बाएँ हाथ में हलका वाला प्लास्टर लगा हुआ था और वह बॉटल स्टैंड में बैंडेज से बँधा झूल रहा था, ताकि बेवजह हिलने से प्लास्टर खराब न होने पाए।

"घंटू···" घंटू की उस रिश्तेदार को नमस्ते कहने के बाद दीपक बोला।

"बड़ी जल्दी आ गया तू···आज ऑफिस में काम नहीं था क्या?" घंटू ने मुस्कराते हुए कहा।

"काम तो होता रहेगा भाई···तू बता कैसा है? और यह अचानक कैसे हो गया?" दीपक ने पूछा।

"कुछ नहीं यार···कल शाम ऑफिस से घर जा रहा था, रास्ते में अंधा मोड़ आता है। बस वह मोड़ मुड़ते ही एक कारवाले ने ठोक दिया तो बाइक बाईं करवट पलट गई···" घंटू ने जल्दी-जल्दी में बताया, ताकि दीपक को समझने में कोई मुश्किल न आए, नहीं तो वह बृहत्तर सवाल पूछने लगेगा।

"ओह···एक्स-रे रिपोर्ट देखी? क्या कहा डॉक्टर ने?" दीपक ने पूछा और पास रखी रिपोर्ट फाइल को देखने लगा। दीपक सवाल पूछे बिना रह भी तो नहीं सकता था, घंटू यह बात जानता था।

"बोल रहा था कि माइनर फ्रैक्चर है। थैंक गॉड कि हड्डी नहीं टूटी, बस छोटा सा हेयरलाइन क्रैक आया है।" घंटू ने मुस्कराते हुए कहा।

"डिस्चार्ज कब होगा तू?" दीपक ने पूछा और घंटू के हाथ का प्लास्टर छूकर देखने लगा।

"डॉक्टर अभी बताएगा···लो, वह आ भी गया।" घंटू ने देखा कि दरवाजे से डॉक्टर उसी की तरफ बढ़ रहा था। दीपक की पीठ दरवाजे की तरफ थी। उसने पलटकर डॉक्टर की ओर देखा।

"हैलो डॉक्टर!" डॉक्टर के पास आते ही दीपक ने कहा।

"हैलो जेंटलमैन!" बूढ़े डॉक्टर ने जवाब दिया और दीपक से मुखातिब होकर पूछा, "आर यू हिज फ्रेंड?"

"यस डॉक्टर!" दीपक ने कहा।

"ये प्रिस्क्रिप्शन लो और नीचे की तीन दवाएँ बाहर से लेकर आओ। ये दवाएँ हॉस्पिटल में आती ही नहीं हैं।" डॉक्टर ने दीपक को एक परची

पकड़ाते हुए कहा और वापस जाने लगा।

"डॉक्टर, इसका हाथ...ज्यादा सीरियस तो नहीं है न?" दीपक ने जाते हुए डॉक्टर से पूछा, क्योंकि अब भी उसे घंटू की बात पर भरोसा नहीं हो रहा था।

"नो-नो, इट इज नॉट सीरियस। डोंट वरी! बहुत माइनर फ्रैक्चर है। परसों प्लास्टर निकल जाएगा। उसके बाद यह घर जा सकता है।" डॉक्टर ने जाते हुए कहा।

"ओके डॉक्टर, थैंक्स!" दीपक ने कहा और परची पर अपनी नजर गड़ा दी। परची देखते-देखते ही कहा, "घंटू, मैं दवाई लेकर आता हूँ।" कहकर वह दरवाजे की ओर जाने लगा।

दीपक जैसे ही दरवाजे से निकलकर कॉरिडोर में रिसेप्शन के पास पहुँचा, वहाँ से बाहर सड़क की ओर नजर जाते ही अचानक उसके पैर ठिठक गए। उस दृश्य में ऐसा कुछ था, जो दीपक को रुक जाने के लिए कह रहा था। कुछ सेकंड पहले ही एक कार आकर रुकी थी, जिसकी पिछली सीट से एक महिला निकलकर दूसरी तरफ आकर कार का पिछला गेट खोलकर एक शख्स को सहारा देकर उतारने लगी। उस कार का ड्राइवर भी तेजी से उतरकर उस आदमी को कार से उतारने में उस औरत का सहयोग करने लगा। अस्पताल का एक वार्ड बॉय व्हीलचेयर लिये दीपक को क्रॉस करके उस कार की ओर तेजी से बढ़ रहा था। कार के पास पहुँचकर वार्ड बॉय ने उस शख्स को सहारा देकर व्हीलचेयर में जब बिठाने लगा, तब दीपक ने गौर से उस शख्स का चेहरा देखा। उसे देखते ही ऐसा लगा, जैसे दीपक उस शख्स को पहचानता हो। दीपक का दिमाग सुबह से हो रही उल्टी-सीधी घटनाओं की ओर चला गया कि कैसे घर से ऑफिस पहुँचने के बीच दो बार एक्सीडेंट होने से वह बचा था और ऑफिस पहुँचते ही घंटू के एक्सीडेंट की खबर मिली थी उसे।

वार्ड बॉय के सहारे व्हीलचेयर पर बैठ रहे उस शख्स को देखकर दीपक अपना दिमाग दौड़ाने लगा कि आखिर उसने उसको कहाँ देखा था! रिसेप्शन और सड़क के बीच शीशे का दरवाजा था, इसलिए पूरी तरह से पहचानने

में दिक्कत आ रही थी। बुरे खयालों में लिपटा उसका अंदेशा बढ़ने लगा कि कहीं यह भी कोई अपना तो नहीं! और फिर वही बात उसके दिमाग में आने लगी कि आखिर आज का दिन इतना मनहूस क्यों है? उसने एक बार फिर सुबह से लेकर अब तक की सारी घटनाओं को रिकॉल किया। सुबह उसके पापा द्वारा दी गई किसी अपने के मरने की खबर, दो बार एक्सीडेंट होते-होते बचना, ऑफिस में मैनेजर की डाँट, उसके टेबल पर कॉफी का गिरना और घंटू के एक्सीडेंट की खबर सुनना···क्या वाकई वह मनहूस दिन था? दीपक के होंठ जैसे बुदबुदाकर खुद से पूछ रहे थे। उसके जवाब में दीपक यह कह रहा था कि अभी तो पूरा दिन बचा था, जाने शाम तक क्या कुछ घटित हो जाए या फिर क्या कुछ बुरा सुनने को मिल जाए।

सुबह सात बजे से लेकर अब तक दीपक का सामना कई मनहूसियतों से हुआ था, इसलिए कार से उतरते उस शख्स को देखकर उसका अंदेशा और मजबूत हो गया कि हो-न-हो, यह भी कोई अपनी पहचान का हो शायद! दीपक के दिमाग पर उन कुछ ही पलों में एक अजीब तरह की उलझन और मनहूसियत हावी होने लगी। उसके दिल की धड़कनों में उलझन बढ़ने लगी।

उलझन हावी होती है तो दिमाग में अनावश्यक डर भी अपना घर बनाने लगता है और दिल घबराने लगता है। उस दौरान अगर मोबाइल की घंटी भी बजती है तो उठाने से डर लगता है कि न जाने कौन सी मनहूस खबर सुनने को मिल जाए।

उस शख्स को व्हीलचेयर पर बिठाकर वार्ड बॉय जैसे-जैसे दीपक की ओर बढ़ रहा था, उस शख्स का चेहरा दीपक की आँखों में धीरे-धीरे स्पष्ट होता चला गया। और जैसे ही व्हीलचेयर उसके पास पहुँचने को थी कि दीपक चौंक पड़ा, 'अरे! ये तो अमन श्रीवास्तव सर हैं! मेरी पुरानी कंपनी के वाइस प्रेसिडेंट। पुरानी नहीं, मेरी पहली कंपनी के वाइस प्रेसिडेंट। महज कुछ ही सालों में अमन सर इतने कमजोर हो गए! वे आज इतने दुःखी दिख रहे हैं! ऐसे कैसे?"

दीपक का दिल कर रहा था कि वह व्हीलचेयर को रोककर पूछ ले कि

अमन सर को क्या हुआ है, मगर वह ऐसा नहीं कर सका। वह कहना चाहता था कि वह अमन सर को जानता था, लेकिन अमन श्रीवास्तव की दयनीय हालत देखकर उसके मुँह से बोल ही नहीं फूटे।

व्हीलचेयर लिये वार्ड बॉय दीपक को क्रॉस करते हुए कॉरिडोर से होकर इमरजेंसी वार्ड की ओर बढ़ गया। वह एकदम से किंकर्तव्यविमूढ़-सा वहीं खड़ा व्हीलचेयर को अपने से दूर जाता देखता रहा। व्हीलचेयर के पीछे-पीछे कार चलानेवाली महिला भी भागी जा रही थी। महिला का चेहरा उतरा हुआ था और उसकी आँखों की कोरों में एक नामालूम-सी नमी नजर आ रही थी। तकलीफें सबसे पहले आँखों में ही उतरती हैं और उसके कोरों को आहिस्ते से भिगो देती हैं।

व्हीलचेयर जब दीपक की आँखों से ओझल हुई तो वह बाहर गेट की तरफ बढ़ गया। दीपक के हाथ में घंटू की दवाओं की परची थी। लेकिन वह कुछ पल के लिए उसे भूल गया था कि बाहर से दवाएँ ले आनी थीं।

अमन श्रीवास्तव, एक निडर और जिंदादिल इनसान, जो अपनी फितरत में हमेशा मस्ताना हुआ करता था। कल तक बतौर सी.ई.ओ., जो एक बड़ी कंपनी चलाता था, मगर वक्त ने उसे कितना कमजोर बना दिया था कि खुद से भी चल नहीं सकता था। वक्त सचमुच बड़ा ही बेरहम होता है। जो शख्स एक जमाने में अपनी कंपनी के लिए मिसाल माना जाता था, वही किस कदर असहाय-सा व्हीलचेयर पर बैठा अपनी हालत पर दु:खी नजर आ रहा था। कभी-कभी ये वक्त और हालात तो आदमी का अपना मौलिक व्यक्तित्व भी छीन लेते हैं। दीपक के लिए निश्चित रूप से अप्रत्याशित पल था, जब उसने एक अच्छे-खासे व्यक्तित्व को व्हीलचेयर पर निढाल देखा।

अस्पताल की अपोजिट साइड में कई सारे मेडिकल स्टोर थे, जहाँ से डॉक्टर का प्रिस्क्रिप्शन दिखाकर लोग दवाइयाँ खरीद रहे थे। अमन श्रीवास्तव की हालत को अपने जेहन में लिये दीपक सड़क पार करने लगा तो अचानक एक टैक्सी के ठीक उसके करीब आकर जोर से ब्रेक लगे। ब्रेक लगाते-लगाते टैक्सी का अगला हिस्सा हलका सा दीपक से टकरा ही गया। वह चौंक पड़ा और तेजी से पीछे की ओर पलटा। उसे कुछ समझ में नहीं आया।

उसका बदन काँपने लगा और दिल जोर-जोर से धड़कने लगा। टैक्सीवाले ने झल्लाकर दीपक को कुछ कहा और फिर तेजी से आगे निकल गया। सितंबर के उस खुशगवार मौसम में दीपक के माथे पर पसीने की बूँदें उभर आईं। डर अनहोनियों को पैदा करने के लिए भी जिम्मेदार होता है और उस पल दीपक के भीतर बैठा नामालूम-सा डर उसे परेशानी में डाल रहा था।

सड़क के किनारे खड़ा दीपक खुद को सँभालते हुए अब हर खयाल से बाहर आने की कोशिश करने लगा। जब उसकी घबराहट कम हुई तो वह अपने हाथ में थमी परची को देखने लगा। फिर इधर-उधर, दाएँ-बाएँ देखा। जब तसल्ली हो गई कि कोई गाड़ी नहीं आ रही थी, तब वह सड़क पार करके एक मेडिकल स्टोर पर पहुँचा। वहाँ भीड़ थी। जैसे-तैसे एक मेडिकल स्टोर से दवाई लेकर वापस अस्पताल आकर घंटू को दी और फिर शाम को फिर से आने का वादा करके वापस ऑफिस जाने के लिए कॉरिडोर में निकल आया।

कॉरिडोर में आकर दीपक ठिठक गया, जैसे उसे कुछ याद आ गया हो। थोड़ी देर पहले एक तरफ जानेवाली व्हीलचेयर की दिशा की ओर वह देखने लगा। फिर कुछ सोचते हुए वह धीरे से आगे बढ़ा और कार पार्किंग की ओर बढ़ गया।

पार्किंग में अपनी कार के पास जाकर जैसे ही उसने कार का दरवाजा खोला, उसे कुछ याद आया तो वह वहीं खड़ा रह गया। कार का दरवाजा अब भी वैसे ही खुला था। दिमाग की गलियों में दौड़ लगाते हुए दीपक के सामने जैसे एक फिल्म शुरू हो गई। उसने ड्राइविंग सीट पर बैठकर दरवाजा बंद किया और बीते कुछ सालों की अपनी गुजर चुकी जिंदगी और उसमें आनेवाले पड़ावों को याद करने लगा।

□

2

पार्किंग में अपनी कार की ड्राइविंग सीट पर बैठे दीपक के सामने फ्लैशबैक के रूप में अमन श्रीवास्तव से जुड़ी कहानियों की एक फिल्म शुरू हो गई।

लगभग चार-पाँच साल पहले की बात है, जब दीपक कॉलेज में मैनेजमेंट की पढ़ाई यानी एम.बी.ए. कर रहा था। मिर्जापुर के उस मैनेजमेंट कॉलेज से एम.बी.ए. का आखिरी सेमेस्टर खत्म होनेवाला था और कॉलेज में कैंपस सिलेक्शन के लिए दिल्ली और मुंबई से कुछ कंपनियाँ आनेवाली थीं। आखिरी सेमेस्टर की शुरुआत से ही कॉलेज में कैंपस सिलेक्शन को लेकर खबरें आने लगी थीं। एम.बी.ए. के बाद अगला पड़ाव यही होता है कि जल्दी से या तो कैंपस सिलेक्शन हो जाए या फिर बायोडाटा लेकर देश के बड़े शहरों की बड़ी-बड़ी कंपनियों में जॉब के लिए अप्लाई किया जाए। हर स्टूडेंट के जॉब तलाशने का अपना ही तरीका होता है। कुछ बच्चों के रिश्तेदार या जाननेवाले शहरों की बड़ी कंपनियों में काम कर रहे होते हैं तो उन्हें जॉब के लिए कोई दिक्कत नहीं होती। लेकिन जिन स्टूडेंट का कोई गॉडफादर नहीं होता, उनके लिए कैंपस सिलेक्शन सबसे बड़ी अपॉर्च्युनिटी लेकर आता है। इसलिए कॉलेज के स्टूडेंट्स कैंपस सिलेक्शन के लिए अपनी पूरी तैयारी सेमेस्टर के बीच में ही करने लगते हैं।

बचपन से ही दीपक पढ़ाई में बहुत तेज था और एम.बी.ए. के सारे सेमेस्टर के रिकॉर्ड को देखते हुए उसे इस बात पर पूरा भरोसा था कि अगर कोई कंपनी कैंपस सिलेक्शन के लिए उसके कॉलेज में आती है तो उसका कैंपस सिलेक्शन जरूर हो जाएगा।

आखिरी सेमेस्टर के एग्जाम में कुछ ही दिन बचे थे। एक दिन उसके हेड टीचर ने क्लास में एक अनाउंसमेंट किया कि अगले सप्ताह यानी सोमवार को दिल्ली की एक बहुत बड़ी कंपनी—भारत इंडस्ट्रीज के खुद सी.ई.ओ. और उनके साथ कंपनी के एच.आर. आ रहे हैं कैंपस सिलेक्शन के लिए। जाहिर है, इसके लिए सारे स्टूडेंट्स को अपना बायोडाटा अपडेट करके रखना था और मैनेजमेंट से जुड़े तमाम सवालों के जवाब भी तैयार रखने थे। क्योंकि एक कंपनी का मैनेजमेंट जितना अच्छा होगा, उसकी तरक्की भी उतनी ही अच्छी होगी, इसलिए मैनेजमेंट में तेज-तर्रार बंदों को ही रखा जाता है।

"आप लोग जल्दी ही अपनी पढ़ाई पूरी कर लेंगे। आफ्टर एग्जाम यू हैव टू गो टू दि नेक्स्ट वर्ल्ड ऑफ योर लाइफ। यहाँ से आप लोगों की जिंदगी का एक नया अध्याय शुरू होगा। लाइक ए मैनेजमेंट कोर्स यू आर गोइंग टू मैनेज योर लाइफ ऑल्सो। देन गेट रेडी फॉर कैंपस सिलेक्शन एंड बी प्रीपेयर्ड फॉर योर ब्राइटेस्ट फ्यूचर।"

"सर, मेरा एक सवाल है।" दीपक ने हाथ उठाकर टीचर से पूछा।

"हाँ दीपक, पूछो क्या सवाल है?" टीचर ने कहा।

"सर, अगर हमारा सिलेक्शन होता है तो कितनी सैलरी तक की जॉब ऑफर होगी?" दीपक के मन का यह उद्‌गार था, क्योंकि वह अच्छी जॉब और ज्यादा सैलरी की ख्वाहिश रखता था।

"दीपक बेटा, यह तो कंपनी के नॉर्म्स पर डिपेंड करता है, न कि फ्रेशर को वे क्या ऑफर करते हैं।" टीचर ने बताया।

टीचर के इस जवाब के बाद फिर किसी ने कुछ नहीं पूछा। सबको अंदाजा तो था ही कि फ्रेशर को क्या मिलता है। लेकिन एक क्यूरियोसिटी रहती है कि हर स्टूडेंट के मन में कि जब वे जॉब शुरू करेंगे तो उन्हें क्या सैलरी ऑफर होगी या क्या पोस्ट ऑफर होगी?

सोमवार का दिन आया। सुबह दस बजते-बजते कैंपस में स्टूडेंट्स अपनी पूरी तैयारी के साथ पहुँचने लगे। सबके हाथों में अपने बायोडाटा की फाइल थी। कुछ स्टूडेंट्स के अंदर उत्साह ज्यादा था तो कुछ में अभी आत्मविश्वास की कमी के चलते उनके दिल में घबराहट हो रही थी कि पता

नहीं सिलेक्शन होगा या नहीं! भारत इंडस्ट्रीज के एक्जीक्यूटिव में खुद कंपनी के सी.ई.ओ. अमन श्रीवास्तव भी मौजूद थे।

सुबह दस बजे से लेकर दोपहर दो बजे लंच आवर तक इंटरव्यू का सिलसिला चलता रहा। कई स्टूडेंट्स के इंटरव्यू के बाद करीब एक बजे दीपक का नंबर था। दीपक के चेहरे पर उत्साह साफ झलक रहा था। ऐसा लग ही नहीं रहा था कि वह इंटरव्यू देने के लिए हाजिर हुआ था, बल्कि ऐसा लग रहा था, जैसे उसे आज ही कंपनी जॉइन करनी हो। टैलेंटेड स्टूडेंट्स में बेचैनी थोड़ी ज्यादा रहती भी है।

कंपनी के अधिकारियों के सामने दीपक बैठा था।

"आपका एकेडमिक रिकॉर्ड बहुत अच्छा है। लेकिन पढ़ाई करना और काम करना, इन दोनों में फर्क होता है। कर पाएँगे आप?" एच.आर. ने दीपक का बायोडाटा उलटते-पलटते हुए पूछा।

"सर, चाहे पढ़ाई हो या फिर काम, या फिर कोई भी प्रोफेशन हो, सबसे पहली चीज होती है लगन भरी मेहनत। मैंने पढ़ाई लगन और मेहनत से की है तो काम भी इसी लगन और मेहनत से करूँगा।" दीपक ने मुस्कराते हुए जवाब दिया।

"आपकी नजर में मैनेजमेंट क्या है?" सी.ई.ओ. अमन श्रीवास्तव ने पूछा।

"सही जगह पर सही तरीके से सही समय पर सही काम करना ही मैनेजमेंट है। जिसको यह आ गया, वह कोई भी काम मैनेज कर लेगा।" दीपक ने बड़ी आसानी से बिना झिझके ही जवाब दिया।

"लेकिन सिचुएशन बुरी हों, तब सबकुछ सही-सही कैसे हो सकता है?" अमन श्रीवास्तव ने फिर से पूछा।

"हो सकता है, सर! पहली बात तो यह कि मैनेजमेंट के बंदे को बुरी सिचुएशन आने से पहले ही उसे रोकना आना चाहिए। दूसरी बात यह कि अगर सिचुएशन बुरी हो भी गई तो यह देखना जरूरी है कि आखिर वह बुरी हुई क्यों, उसका कारण क्या है? उस कारण का पता चलते ही उसका हल मिल जाता है।" दीपक ने सोच-समझकर यह जवाब दिया। हालाँकि उसे यह

लग रहा था कि पता नहीं यह जवाब अधिकारियों को पसंद आएगा या नहीं, फिर भी उसने आत्मविश्वास के साथ बोल दिया।

"किसी काम को टारगेट टाइम के भीतर करना कितना जरूरी है?" एच.आर. ने पूछा।

"टारगेट टाइम पर काम पूरा होने से भी ज्यादा जरूरी है कि वह काम परफेक्ट हो। अगर आपने टारगेट टाइम में काम पूरा कर लिया, लेकिन उस काम में परफेक्शन नहीं आया तो फिर टारगेट टाइम का कोई अर्थ नहीं रह जाता।" दीपक ने जवाब दिया।

"आई लाइक योर टेंपरामेंट ऑफ कॉन्फिडेंस, दीपक! यू आर रियली ए गुड मैनेजमेंट कैंडीडेट।" अमन श्रीवास्तव ने कहा। अमन की इस तारीफ ने दीपक के कॉन्फिडेंस को और भी बढ़ा दिया।

सवाल और जवाब का सिलसिला देर तक चला। अमन और एच.आर. लगातार दीपक से सवाल करते जा रहे थे और दीपक मुस्कराते हुए उन सभी सवालों का जवाब देता जा रहा था। दीपक का हर जवाब सी.ई.ओ. अमन श्रीवास्तव को बहुत पसंद आया। जब सारे सवाल खत्म हो गए तो मुस्कराते हुए अमन ने दीपक पर एक सकारात्मक नजर फेंकी और फिर उसके बायोडाटा में कुछ लिखने लगे। लिखने के बाद एच.आर. को कुछ इशारा किया और फिर कहा।

"वेल दीपक! हमें आपका कॉन्फिडेंस बहुत पसंद आया। मेरी कंपनी को आप जैसे लोगों की ही जरूरत है। बाकी आगे की सारी फॉर्मेलिटीज ये बता देंगे। ऑल दि बेस्ट!" सी.ई.ओ. अमन श्रीवास्तव यह कहते हुए चेयर से उठे और टेबल की दूसरी तरफ बैठे दीपक की ओर हाथ बढ़ा दिए। दीपक भी चेयर से खड़ा हो गया और अमन से हाथ मिलाते हुए मुस्कराने लगा।

"थैंक्यू सर! आई विल लव टू वर्क विद यू। इट विल बी माय प्लेजर, सर!" दीपक ने हाथ पकड़े हुए ही कहा।

"ऑल दि बेस्ट दीपक! एंड वेलकम टू यू इन भारत इंडस्ट्रीज!" एच.आर. ने कहा और उसने भी दीपक की ओर हाथ बढ़ा दिया। दीपक ने शेक हैंड करते हुए एच.आर. को थैंक्स कहा।

इंटरव्यू एक ऐसा पड़ाव है, जहाँ कॉन्फिडेंस सबसे जरूरी चीज होती है। उसके बिना तो टैलेंटेड बंदा भी सिलेक्ट नहीं हो पाता है। कंपनी को कॉन्फिडेंस वाला बंदा इसलिए भी चाहिए होता है, क्योंकि अजीब-अजीब तरह के क्लाइंट से मिलना होता है। क्लाइंट के सामने अगर जरा सा भी कॉन्फिडेंस कमजोर हुआ नहीं कि सारा प्रोजेक्ट हाथ से निकल जाएगा। इसलिए सिलेक्शन कमेटी के लोग सबसे पहले एंप्लॉई का कॉन्फिडेंस देखते हैं, उसके बाद ही बाकी चीजों पर अपनी राय देकर कैंडिडेट को सिलेक्ट करते हैं।

इंटरव्यू के बाद दीपक जब मुस्कराते हुए कमरे से बाहर आया तो उसके चेहरे पर एक आत्मविश्वास झलक रहा था। एक नई जिंदगी में दाखिल होने के लिए तैयार उत्साह से भरा दीपक कैंपस में लगभग उछलने ही लगा। उसके सारे दोस्त भी उसे बधाई देने लगे और उससे पार्टी माँगने लगे।

"अबे दीपक, अब तो पार्टी बनती है न!" एक दोस्त ने उसकी पीठ पर धक्का मारते हुए पूछा।

"अबे पहले जॉइनिंग लेटर तो आने दे!" दीपक ने हँसते हुए कहा।

कैंपस से दीपक सीधा अपने रूम पर पहुँचा। घर फोन करके उसने माँ को कॉल की।

"हैलो माँ! कैंपस सिलेक्शन में मेरा इंटरव्यू बहुत अच्छा गया है, उम्मीद है कि जल्दी ही जॉइनिंग लेटर आ जाए!" दीपक ने चहकते हुए कहा।

"बहुत अच्छी खबर दी तुमने बेटा! भगवान् तेरी मेहनत सफल करे। माँ विंध्यवासिनी की कृपा हो तुम पर, बेटा!" माँ ने कहा और फिर लगे हाथ पूछ लिया, "तू घर कब आ रहा है?"

"जल्दी ही माँ! आखिरी सेमेस्टर का रिजल्ट आनेवाला है और शायद जल्दी ही जॉइनिंग लेटर भी आ जाए, फिर कंफर्म करूँगा कि कब आऊँगा।" दीपक ने कहा।

"ठीक है बेटा, हमेशा खुश रहो और अपना खयाल रखो। भगवान् तुम्हें कामयाब बनाएँ।" माँ ने आशीर्वाद दिया।

माँ का आशीर्वाद पाकर दीपक का उत्साह दोगुना हो गया और पहली जॉब के लिए उसने अपनी तैयारी शुरू कर दी। पहली जॉब के उत्साह के साथ

ही कई चुनौतियाँ भी होती हैं, जिनके लिए तैयार रहना बहुत जरूरी होता है। दीपक के मन में कई तरह की बातें चल रही थीं कि अब वह जिस नई दुनिया में जानेवाला है, वहाँ क्या-क्या चीजें उसके लिए नई होंगी। पहली बात तो यही कि कॉलेज की तरह मस्ती से भरे दोस्त वहाँ नहीं मिलेंगे और टीचर-प्रोफेसर की तरह बॉस या एंप्लॉई नहीं होंगे। ऑफिस में सबके साथ अपना एक प्रोफेशनल रिश्ता होगा, जो काम को लेकर कई तरह के झंझावातों से बोझिल होगा और कई मुश्किलों के साथ आगे बढ़ने के लिए मजबूरी भी पैदा करेगा।

दीपक को लगा कि बाकी तैयारी के साथ-साथ उसे यह भी समझ और जान लेना चाहिए कि भारत इंडस्ट्रीज में सीनियर पदों पर बैठे लोग कैसे होंगे। उसे याद हो आया एच.आर. और सी.ई.ओ. अमन श्रीवास्तव का वह सहयोगी रूप, जब वह इंटरव्यू दे रहा था। खासतौर से अमन श्रीवास्तव का व्यवहार और उनके बातचीत करने का गर्मजोशी से भरा अंदाज।

वैसे तो अमन श्रीवास्तव से दीपक की पहली मुलाकात अपने कैंपस इंटरव्यू के समय ही हुई थी, इसलिए उतनी देर में दीपक अमन के बारे में बहुत-कुछ अंदाजा नहीं लगा पाया था। इसलिए दीपक ने गूगल पर जाकर भारत इंडस्ट्रीज और अमन श्रीवास्तव के बारे में जानने की कोशिश शुरू कर दी। कंपनी के मार्केट में चल रहे प्रोजेक्ट की सारी जानकारी और कंपनी के अधिकारियों का बायोडाटा कंपनी की वेबसाइट पर मौजूद था। वेबसाइट के एबाउट सेक्शन में जाकर दीपक ने देखा तो अचंभित रह गया कि अमन श्रीवास्तव ने किस तरह से एक लॉस में जा रही कंपनी को टॉप पर पहुँचा दिया था। उसके बाद वह गैलरी सेक्शन में जाकर सभी अधिकारियों की कारगुजारियों को देखने लगा। देखते-देखते उसकी नजर अमन श्रीवास्तव के एक वीडियो पर पड़ी, जिसमें अमन अपने कर्मचारियों को संबोधित कर रहे थे और मैनेजमेंट के सभी जरूरी गुणों पर चर्चा भी कर रहे थे। दीपक ने अमन श्रीवास्तव का अंदाज देखा तो देखता ही रह गया। क्या हावभाव थे, क्या गजब की चमक थी अमन के चेहरे पर, क्या आत्मविश्वास था कुछ बड़ा कर-गुजरने का, क्या भाषा शैली थी अपने कर्मचारियों को समझाने की! इन सबको देखकर उसे यकीन ही नहीं हुआ कि वह जिसके सामने कैंपस इंटरव्यू

में बैठा था, यह वही आदमी है। मतलब कि समय और सिचुएशन के हिसाब से अपने आप को ढाल लेने का हुनर अमन श्रीवास्तव का एक खास गुण था। शायद यही वजह थी कि अमन ने इंटरव्यू के दौरान बैड सिचुएशनवाला सवाल पूछा था। यह सोचकर दीपक के चेहरे पर एक मुसकान बिखर गई कि वह भी अमन जैसे ही काम करने का या सोचने का टेंपरामेंट रखता था।

वैसे तो इंटरव्यू लेनेवाले लोग इस कदर कठिन सवाल करते हैं कि कैंडिडेट को जवाब देना मुश्किल हो जाता है। अमन के वीडियो को देखने के बाद दीपक को याद आया कि किस तरह से इंटरव्यू के दौरान अमन श्रीवास्तव ने दीपक के कॉन्फिडेंस को बिगड़ने नहीं दिया। दीपक के हर जवाब के बाद एक बड़ी कंपनी के सी.ई.ओ. द्वारा उसे मोटिवेट करना दीपक को अच्छा लगा और उसे यह उम्मीद भी जगी कि अगर वह कंपनी जॉइन करता है तो उसके नए होने के बावजूद अमन का मोटिवेशनल सपोर्ट मिलता रहेगा। अभी शुरू होनेवाली प्रोफेशनल लाइफ के लिए मोटिवेशन कितना जरूरी हैं, दीपक की खुशी को देखकर इसका अंदाजा लगाया जा सकता था।

गूगल औंर कंपनी की वेबसाइट पर इधर-उधर नजर दौड़ाते हुए दीपक ने बहुत सी चीजों के बारे में जान गया। मसलन कंपनी का मैनेजमेंट किस तरह से काम करता होगा, क्लाइंट के साथ उसकी डीलिंग कैसी होगी, एंप्लॉइज के साथ मालिकों का व्यवहार कैसा होगा, वगैरह-वगैरह। सबसे ज्यादा बेचैनी उसे यह बात जानने की थी कि उसे क्या काम करना होगा?

करीब एक सप्ताह बाद दीपक के आखिरी सेमेस्टर का रिजल्ट आ गया। उसने पहले की तरह ही इस बार भी टॉप मार्क स्कोर किया था। अभी वह खुशी मना ही रहा था कि दूसरे ही दिन भारत इंडस्ट्रीज का उसे मेल मिल गया, जिसमें उसे मैनेजमेंट ट्रेनी के लिए जॉइन करना था, वह भी दिल्ली में अगले महीने की पहली तारीख को। खुशी के मारे दीपक अभी पूरा जॉइनिंग लेटर भी नहीं पढ़ पाया था कि तभी उसके कॉलेज-दोस्त का फोन आ गया। दोस्त न हों तो लगता ही नहीं कि जिंदगी में खुशियों को सेलिब्रेट कैसे किया जाए।

"बधाई हो! बधाई हो! आखिरी सेमेस्टर में भी तुमने हाई स्कोर कर दिया दीपक!" दोस्त ने कहा।

"हम्म थैंक्यू! तुम्हारा क्या हुआ?" दीपक ने पूछा।

"हमारा क्या होगा, हम तो बस जैसे-तैसे पास हो गए हैं, हा हा हा हा हा…" इतना कहकर दोस्त जोर से हँसा।

"वैसे हाई स्कोर मायने नहीं रखता दोस्त…अंत में काम आता है टैलेंट ही। डिग्री तो बस इसलिए होती है कि हाँ, तुमने पढ़ाई की है।" दीपक ने कहा।

"हाँ, वह तो है। खैर छोड़, कैंपस इंटरव्यू का क्या हुआ?" दोस्त ने पूछा।

"हो गया, यार! आज ही तो जॉइनिंग के लिए मेल आया है। मैनेजमेंट ट्रेनी की पोस्ट मिली है अभी।" दीपक ने मुस्कराते हुए कहा।

"अरे वाह! साले, इतनी अच्छी खबर इतनी खामोशी से बता रहा है!" दोस्त ने डाँटा।

"अरे नहीं यार, खामोशी जैसी बात नहीं है। मेरे लिए आज का दिन सबसे अच्छा दिन है। सचमुच मेरा सपना पूरा होने जैसा लग रहा है।" दीपक ने कहा।

"हाँ, यह तो है। चल फिर से बधाई…और हाँ, जॉइनिंग कब है, कहाँ है?" दोस्त ने पूछा।

"दिल्ली में है, अगले महीने की एक तारीख को।" दीपक ने कहा।

"वाउ ग्रेट! तू जाकर जॉइन कर। तेरे पीछे-पीछे मैं भी आता हूँ दिल्ली।" दोस्त ने कहा।

फोन कटने के बाद दीपक देर तक मुस्कराता रहा। उसका चेहरा ऐसे खिल गया था, जैसे सुबह के वक्त कोई फूल खिला हुआ होता है। बहुत सारे सवाल उसके मन में घुमड़ रहे थे। बहुत सारी बातें उसे जाननी थीं। कॉलेज और टीचर की दुनिया से निकलकर ऑफिस और एंप्लॉइज की दुनिया में कदम रखने के लिए उसे अब तैयार होना था। यह सोचकर ही उसके मन में एक अजीब तरह की गुदगुदी मचल रही थी कि वह अब एक नई दुनिया में दाखिल होने जा रहा है, काम की दुनिया में, जहाँ कॉलेज लाइफ की तरह मस्ती नहीं होगी। लेकिन उसे अपने पर पूरा भरोसा भी था कि वह अपना काम बखूबी कर ले जाएगा, इसलिए उसे घबराहट नहीं हो रही थी, बल्कि जल्द-

से-जल्द दिल्ली पहुँचने की बेचैनी हावी हो रही थी।

दीपक अपनी खुशी से बाहर आया तो उसे लगा कि पहले पूरा लेटर पढ़ लेना चाहिए। उसमें लिखा था कि दीपक को कंपनी में मि. अमन श्रीवास्तव यानी कंपनी के सी.ई.ओ. को ही रिपोर्ट करनी होगी। यह पढ़कर तो उसकी खुशी का ठिकाना ही नहीं रहा, क्योंकि यही तो दीपक का ख्वाब था। दरअसल कैंपस इंटरव्यू के बाद से ही वह सोचने लगा था कि काश, अमन श्रीवास्तव जैसे बेहतरीन मैनेजमेंट एक्जीक्यूटिव के साथ काम करने का मौका मिल जाए। लेकिन दीपक ने कभी यह नहीं सोचा था कि उसका ख्वाब इतनी जल्दी हकीकत में बदलनेवाला था। सचमुच वह दिन दीपक के लिए सबसे अच्छा दिन था।

दीपक ने अपनी माँ को कॉल की। दोस्त का फोन नहीं आया होता तो वह यह खुशखबरी सबसे पहले अपनी माँ के साथ ही शेयर करता। क्योंकि वह इस खुशी को सबसे पहले अपने माँ-बाप के साथ ही बाँटना चाहता था।

"हैलो माँ! कैसी हो?" खुशी के मारे दीपक की जबान लड़खड़ा रही थी।

"मैं ठीक हूँ, बेटा! तू बता, तेरा लेटर आया?" माँ ने पूछा।

"हाँ माँ, आ गया। और मुझे दिल्ली में नौकरी मिल गई है।" दीपक ने कहा तो उसकी आँखों से एक बूँद टपक पड़ी।

"शाबाश बेटा! मैंने तो कहा ही था कि भगवान् तेरी मेहनत जरूर सफल करेंगे। अब तू जल्दी से घर आ जा। कितने दिन हो गए तुम्हें देखे हुए।" माँ ने उत्साह बढ़ाते हुए कहा।

"हाँ माँ, जल्दी ही आता हूँ। दिल्ली जाने की तैयारी भी करनी है।" दीपक ने कहा।

"तू तैयारी को छोड़, मैं सब कर दूँगी। तू बस जल्दी से घर आ जा, बेटा! मैं तुम्हारे पापा को यह अच्छी खबर देती हूँ, वे बहुत खुश हो जाएँगे। वे भी कब से आस लगाए बैठे हैं।" यह कहते-कहते माँ का गला रुँध गया।

"ठीक है, माँ!" दीपक ने इतना ही कहा और फोन डिस्कनेक्ट करके बेड पर धप्प से बैठ गया।

आँखें बड़ी उम्दा गवाह होती हैं। दुःख की बात हो या खुशी की, सबसे पहले गवाही यही देती हैं। दीपक की आँखों में आँसुओं के कतरे इस बात की गवाही दे रहे थे कि नौकरी मिलने के साथ ही उसका एक बड़ा सपना पूरा हो गया। अब आगे की जिंदगी में नौकरी किस तरह से करेगा, यह तो भविष्य में छुपी हुई कोई रहस्यमयी बात हो सकती है। लेकिन फिलहाल तो उस पल को एंज्वॉय करना था, खुशियाँ मनानी थीं और सीधा घर जाकर माँ के गले लग जाना था, ताकि उसको दिल्ली जाने के लिए भी माँ का आशीर्वाद मिल सके। माँ की दुआओं में बड़ी जान होती है। दीपक की माँ अकसर दुआ करती रहती है कि उसका बेटा तरक्की की हर मंजिल पर पहुँचे और दीपक भी उन्हीं दुआओं के सहारे आगे बढ़ता चला जा रहा था। पहले स्कूल में टॉपर बना, फिर कॉलेज में और सेमेस्टर खत्म होते ही अब सीधा दिल्ली की भारत इंडस्ट्रीज में छलाँग। भारत इंडस्ट्रीज उस समय दिल्ली की जानी-मानी कंपनी थी। और उसकी सबसे खास बात थी, वहाँ अमन श्रीवास्तव का होना, क्योंकि अमन ही वे शख्स थे, जिनकी बदौलत वह कंपनी इंडिया के टॉप हंड्रेड में शुमार की जाती थी।

दीपक ने कॉलेज के हॉस्टल में अपनी पैकिंग शुरू कर दी। अपने घर जाने के लिए।

□

3

दीपक अपने घर पहुँच चुका था। उसके घर में माँ-बाप ने बड़ी ही गर्मजोशी के साथ उसका स्वागत किया था। करते भी क्यों नहीं, उसके पापा सतीशचंद्र की नौकरी चली जाने के बाद तो न जाने कितनी मुश्किलें उनकी जिंदगी का हिस्सा बन गई थीं। सतीशचंद्र बिजली विभाग में क्लर्क थे, लेकिन कुछ अनियमितताओं के चलते उन्हें रिटायरमेंट से दस साल पहले ही नौकरी छोड़नी पड़ी थी। वह खबर उस परिवार के लिए किसी सदमे से कम नहीं थी, लेकिन वे कर भी क्या सकते थे! अगर वे नौकरी नहीं छोड़ते तो कम-से-कम बीस लाख का उन पर जुरमाना लगता और फिर पूरी जिंदगी नौकरी करने के बाद भी वे उसे भर नहीं पाते। इसलिए उन्हें नौकरी छोड़ना ही बेहतर विकल्प लगा। नौकरी छोड़ने के बाद हालाँकि उन्होंने सोचा कि कुछ काम करें, लेकिन उनसे कुछ हो ही नहीं पाया। इसलिए पूरी तरह से वे बैठक हो गए और बाकी जो सेविंग्स बची थी, उसी से घर का खर्च चलाने लगे। उन्हें लगा कि सेविंग्स भी जल्दी खत्म हो जाएगी तो एल.आई.सी. एजेंट बन गए और लोगों को इंश्योरेंस पॉलिसी दिलवाने लगे। खैर, जैसे-तैसे परिवार की गाड़ी सरक रही थी। लेकिन दीपक की माँ ने कभी हिम्मत नहीं हारी, बल्कि हर वक्त दीपक को हिम्मत देती रही कि एक दिन सब ठीक हो जाएगा। माँ-बाप की दुआएँ बच्चों को फर्श से अर्श तक यूँ ही नहीं पहुँचातीं, बल्कि बच्चों की पूरी जिंदगी का दारोमदार भी बनती हैं। बस इसी उम्मीद पर वह एम.बी.ए. में दाखिला लेकर पढ़ने चला गया था और अब वह कामयाब होकर घर लौटा था। अब उसके हाथ में एक अदद नौकरी थी।

दीपक की जॉब की खबर उसके पापा के लिए ऐसी थी, जैसे उनकी अपनी नौकरी लग गई हो। पूरा परिवार बहुत खुश था। दीपक को लेकर माँ दिन-रात सपने देखा करती थी कि वह एक दिन बहुत कामयाब इनसान बनेगा अपनी जिंदगी में। दीपक की पहली जॉब उस कामयाबी की पहली सीढ़ी थी। दीपक की माँ अपने इरादों में बहुत अटल और इच्छाशक्ति में बहुत मजबूत इनसान थी।

हर माँ-बाप की तरह दीपक के माँ-बाप भी उसके कॅरियर को लेकर परेशान रहते थे। हालाँकि माँ की परेशानी कुछ और भी थी, जिसे वह समय-समय पर दीपक को बताती भी रहती थी। दीपक भी चाहता था कि वह कामयाब होकर माँ-बाप की परेशानियों को दूर कर देगा, इसलिए तो जी-जान से जुटकर पढ़ाई करता था और क्लास में अच्छे नंबरों का स्कोर करता था। दीपक की पढ़ाई को लेकर तो माँ अपना सुख ही भूल गई थी। जीवन में सुख की परिभाषा क्या होती है, इस बात को उसने भुला ही दिया था। उसके लिए तो सुख का नाम बस अपने बेटे को कामयाब बनाना था, उसकी शादी करनी थी और अपनी बहू ले आनी थी, ताकि बाकी की जिंदगी सुकून से कट सके। भारत के हर परिवार की यही दास्तान है, माँ-बाप अपने बच्चों के लिए दिन-रात एक करके मेहनत करते हैं, तब जाकर बच्चे कामयाबी की मंजिलों को हासिल कर पाते हैं।

कुछ दिन घर पर रहने के बाद दीपक के दिल्ली जाने का वक्त आ गया। अगले दिन उसे मिर्जापुर से दिल्ली के लिए ट्रेन पकड़नी थी। जून की आखिरी गरम रात थी। रात के खाने के वक्त माँ बड़े ही प्यार से दीपक को खाना परोस रही थी। उस दौरान उसकी आँखों के कोरों से एक नमी छलक रही थी कि अब दीपक कल से एक नए शहर में चला जाएगा।

"क्या हुआ माँ ? आपकी आँखें नम क्यों हैं ?" दीपक ने रोटी का टुकड़ा तोड़ते हुए पूछा।

"कल तू चला जाएगा। दिल्ली जैसे बड़े शहर में तू कैसे रहेगा, क्या खाएगा, क्या पिएगा, यही सोचकर दिल घबरा रहा है।" माँ ने आँचल से अपनी आँखें पोंछते हुए कहा।

"वहाँ कहाँ रहोगे?" पापा ने पूछा। पापा के पास माँ से इतर अलग ही सवाल थे। बच्चे से बिछड़ने के वक्त हर माँ-बाप की अलग-अलग चिंताएँ होती हैं।

"मैंने बताया था न पापा, वहाँ मेरे दोस्त के भइया रहते हैं। पहले उन्हीं के यहाँ जाना है, वे वहाँ रहने का इंतजाम कर देंगे।" दीपक ने रोटी का टुकड़ा मुँह में डालने के बाद कहा।

"और खाना कैसे खाएगा? खुद बनाएगा या कंपनी कुछ इंतजाम···" माँ की सूई अब भी दीपक के खाने पर टिकी हुई थी।

"अरे माँ! उसकी फिकर क्यों करती हो, वहाँ किचन के साथ कमरे मिलते हैं। बना लेंगे।" दीपक ने कहा।

"लेकिन तुझे तो खाना बनाना आता ही नहीं है, फिर कैसे करेगा?" माँ ने चिंता भरे शब्दों में कहा।

"अरे बना लेगा, खाना बनाना कोई बड़ी बात नहीं है।" पापा ने माँ को तसल्ली देते हुए कहा।

"कैसे बना लेगा? आपसे तो आज तक कुछ नहीं बना।" माँ ने पापा को लगभग डाँटते हुए कहा।

"मुझे कभी जरूरत ही नहीं पड़ी बनाने की।" पापा ने कहा।

"अरे, आप लोग लड़िए नहीं, वहाँ खाना बनानेवाली बाई भी होती हैं, जो सुबह नाश्ता और लंच बना देती हैं और फिर शाम में आकर रात का डिनर भी।" दीपक ने कहा।

दीपक के जवाब के बाद माँ-पापा दोनों उसका मुँह ताकते रह गए। उनके दिलों में एक संतोष मचल उठा कि चलो बच्चा इतना तो सयाना हो ही गया है कि अब अपनी जिंदगी में काम के साथ खाना-पीना मैनेज कर लेगा। आखिर मैनेजमेंट की पढ़ाई जो की है उसने। हालाँकि माँ को अभी भी चिंता खाए जा रही थी कि आखिर दीपक कैसे मैनेज करेगा यह सब।

माँ खुश तो बहुत थी, लेकिन उसकी खुशी में एक डर भी शामिल था। वह डर इस बात का था कि छोटे शहर से लड़के अकसर दिल्ली-मुंबई जैसे बड़े शहरों में जाकर बदल जाते हैं। कुछ साल नौकरी करने के बाद वहीं के

होकर रह जाते हैं और वो अपने संस्कारों से समझौता कर लेते हैं। यह चिंता कोई आज की बात नहीं है, सनातन समय से ही यह चलता चला आ रहा है। दीपक की माँ मजबूत इरादों की भले थी, लेकिन अपने बच्चों को लेकर चिंताएँ जब सिर उठाने लगती हैं तो उन इरादों में डर हावी होने लगता है। भारत के छोटे शहरों या ग्रामीण क्षेत्रों की महिलाओं के बड़े-बड़े सपने बहुत छोटे-छोटे डर के साथ ही पलते हैं। हालाँकि आधुनिक होते दौर ने टीवी और मोबाइल जैसी सुविधाएँ दी हैं, जिनके जरिए बहुत-कुछ सीखा-समझा जा सकता है। टीवी पर आनेवाले कई महत्त्वपूर्ण कार्यक्रमों ने कुछ हद तक छोटे शहरों की मानसिकता को भी बदला है और उनमें एक नई ऊर्जा का संचार भी किया है कि वे चाहें तो आसमान भी छू सकते हैं। फिर भी छोटे शहर अभी बड़े शहरों के आधुनिक कल्चर से काफी दूर हैं। यह दूरी दीपक जैसे लोग पढ़-लिखकर कम कर सकते हैं और कुछ हद तक कर भी रहे हैं। लेकिन जन्म-जन्मांतर से बसे संस्कार इतने कमजोर भी नहीं हैं कि तकनीकों से भरी आधुनिकता की हलकी धौंक से वे गिरकर बिखर जाएँ।

अगली सुबह करीब दस बजे मिर्जापुर स्टेशन से दिल्ली के लिए ट्रेन थी।

दीपक की माँ सुबह छह बजे ही उठकर सफर के लिए नाश्ता-खाना बनाने लगी थी। दीपक ने अपना सारा सामान तो रात में ही पैक कर लिया था। लेकिन माँएँ अलग से अपने बच्चों के लिए सामान पैक कर देती हैं, भले ही वे बोझिल ही क्यों न हों। माँ ने अलग से एक बड़े से झोले में वो सभी चीजें भर दीं, जो उसने अपने हाथों से बनाई थीं। विभिन्न प्रकार के खस्ते, सूखी पिट्ठी, मठरी, साथ में दालमोठ और नमकीन भी भर दी थी। अचार और मुरब्बे भी, साथ में विभिन्न प्रकार के भुने हुए दाने भी रख दिए थे। झोला इतना भारी हो गया था कि उसमें खाने-पीने की सारी चीजें कम-से-कम एक सप्ताह तक खाई जा सकती थीं।

भले ही माँओं के पाँव दर्द कर रहे होते हैं, लेकिन अगर वे बच्चे के लिए किचन में खड़ी हो जाएँ तो चाहती हैं, क्या-से-क्या बनाकर पैक कर दिया जाए। माँओं का वश चले तो पूरे महीने भर के लिए खाने की चीजें बनाकर अपने बच्चों के हवाले कर दें और कह दें कि इनके खत्म होते ही अगले महीने

फिर चले आना, बनाकर दे दूँगी। ऐसा तो सिर्फ अपने भारत जैसे ममतामयी देश में ही मुमकिन है। जाहिर है, माँ तो अपने तरीके से ही काम करेगी और हर चीज में अपना प्यार उड़ेल देगी।

आठ बजनेवाले थे। दीपक के पापा बाहर ऑटो लेकर आ गए थे। वे जल्दबाजी में थे कि कहीं ट्रेन न छूट जाए। लेकिन माँ थी कि उसे अपने बेटे की पसंद की हर वह चीज पैक करनी थी, जो शायद बड़े शहरों में न ही मिले।

दीपक के पापा सतीशचंद्र की जल्दबाजी और माँ की चिंता एक साथ उभरती हैं, जब बेटे उनसे बिछड़कर दूर किसी दूसरे शहर के लिए जाते हैं। वहीं बेटे की अपनी अलग दुविधा होती है कि वह किसको किस तरह से माँ-बाप को सांत्वना देकर विदा ले। सबके दिल में बिछड़ने की एक टीस आकर बैठ जाती है। इसलिए बिछड़ते वक्त जुबान पर शब्द कम पड़ जाते हैं, बस मनोभावों से ही काम चलाने की कोशिश की जाती है। दीपक और उसके माँ-बाप भी यही कर रहे थे। दीपक के पापा अपनी टीस को दबाने के लिए ट्रेन छूटने के बहाने से जल्दबाजी कर रहे थे तो उसकी माँ अपने आँसुओं को पोंछते हुए हिदायतें दिए जा रही थी कि नया शहर है, इसलिए सावधानी से रहना। सभी माँओं की तरह दीपक की माँ ने भी अपनी हिदायतों की लिस्ट उसके सामने रखनी शुरू कर दी कि दीपक यह करना और यह मत करना। उन्हीं हिदायतों के साथ ही ऑटो में सामान रखा जाने लगा।

माँ-पिता के पाँव छूकर दीपक ऑटो में बैठ गया। ऑटो चल पड़ा तो उसके मोड़ मुड़ने तक माँ-बाप ऑटो पर अपनी नजर गड़ाए रहे।

दीपक ऑटो में बैठा जरूर था, लेकिन उसका मन उसके पास नहीं था, बल्कि विदा करते वक्त माँ-पापा के चेहरे पर कहीं ठहर गया था। उसकी आँखें अब भी कहीं उसके घर में ही घूम रही थीं और अब तक बीते कई साल की सारी तस्वीरें उसकी आँखों में फिल्म की तरह चलने लगी थीं। पापा को लेकर दीपक उतना फिक्रमंद नहीं था, जितना कि माँ को लेकर था। क्योंकि जब-तब वह हॉस्टल से घर आ जाया करता था और माँ के द्वारा बनाई गई कामों की लिस्ट के हिसाब से कुछ दिन में उन कामों को पूरा करके वापस हॉस्टल को लौट जाया करता था। अब उसे इसी बात की चिंता खाए जा रही

थी कि माँ कोई काम किससे कहेगी? पापा से तो वह कहने से रही और पापा भी तो उस हालत में नहीं थे कि सबकुछ कर सकें। उन्हें तो ज्यादातर अपने एल.आई.सी. के काम से बाहर ही रहना पड़ता था और लोगों से मिन्नतें वगैरह करके उन्हें पॉलिसी बेचनी पड़ती थी।

अभी बीती यादों की तस्वीर उसकी आँखों में चल ही रही थी कि स्टेशन आ गया। तकरीबन आधे घंटे के बाद ऑटो सीधा मिर्जापुर रेलवे स्टेशन के कैंपस में रुका। लेकिन दीपक की आँखों में तस्वीर अब भी चल रही थी। ऑटोवाले ने जब उसे पुकारा, तब उसकी तंद्रा टूटी।

"भइया, स्टेशन आ गया है, उतरिए।" ऑटोवाले ने कहा।

"आ हाँ-हाँ···अच्छा स्टेशन···कौन सा स्टेशन?" दीपक यादों से बाहर आकर हड़बड़ाते हुए बोला।

"अरे, मिर्जापुर स्टेशन भइया···कहीं और जाना था क्या?" ऑटोवाले ने अपनी झल्लाहट दबाते हुए कहा।

"नहीं-नहीं···यहीं उतार दो। कितने पैसे हुए?" जल्दी-जल्दी ऑटो से उतरते हुए दीपक ने कहा और जेब से पैसे निकालने लगा। सारा सामान उतारकर और ऑटोवाले को पैसे देकर दीपक स्टेशन की तरफ बढ़ गया। इंक्वायरी विंडो पर जाकर अपनी ट्रेन के समय पर होने की जानकारी लेकर वह वेटिंग रूम में बैठ गया। ट्रेन समय पर थी। दीपक ने एक ठंडी आह भरी।

"भगवान् का शुक्र है कि ट्रेन समय पर है। नहीं तो इस देश में ट्रेन का समय पर आना किसी चमत्कार से जरा भी कम नहीं होता।"

"कुछ कहा आपने?" बगलवाले यात्री ने पूछा।

"जी···जी नहीं···" दीपक हड़बड़ाते हुए बोला।

ट्रेन या बस स्टेशनों के वेटिंग रूम हों या फिर सफर का कोई भी पड़ाव, अकसर अजनबी लोग सहयात्री की बातों पर कान धरे रहते हैं। दबी जुबान में कोई शब्द निकला नहीं कि बातचीत आगे बढ़ाने के लिए पूछ लेते हैं कि कुछ कहा क्या आपने? यह बहुत ही सीधी ट्रिक है, जो सदियों से आजमाई जाती रही है।

बहरहाल ट्रेन आई और दीपक को लेकर रात नौ बजते-बजते नई

दिल्ली स्टेशन पहुँच गई। अब नई दिल्ली स्टेशन से उसे दिल्ली के गणेश नगर पहुँचना था, जहाँ उसके दोस्त के बड़े भाई बलवंत सिंह रहते थे। बलवंत सिंह को लोग प्यार से बल्लू भइया बोलते थे तो दीपक भी उन्हें बल्लू भइया ही बोलने लगा था। बल्लू भइया ने स्टेशन गणेश नगर पहुँचने के सारे माध्यम सुझाए और गणेश नगर के अग्रवाल स्वीट्स के पास पहुँचने को कहा, जहाँ से वे उसे रिसीव करनेवाले थे।

"बल्लू भइया, हम नई दिल्ली स्टेशन पहुँच गए हैं। अब यहाँ से आपके पास कैसे आना है ?" स्टेशन के बाहर अपना सामान लिये दीपक खड़ा होकर बल्लू भइया को कॉल करने लगा।

"अच्छा-अच्छा, एक काम करो। तुम्हें गणेश नगर आना है, अग्रवाल स्वीट्स के पास आ जाओगे तो मैं रिसीव कर लूँगा।" बल्लू भइया ने कहा।

"जी भइया!" दीपक ने धीरे से कहा, जैसे वह इस इंतजार में हो कि शायद बल्लू भइया आगे कुछ कहनेवाले हों, जिसे सुनना भी था। वह कुछ परेशान भी होने लगा था।

"तुम कभी दिल्ली आए हो इससे पहले ?" बल्लू भइया ने पूछा।

"नहीं भइया, पहली बार है।" दीपक ने अपनी बेचैनी को काबू में करते हुए बताया।

"अच्छा कोई नहीं, तुम स्टेशन से मेट्रो पकड़ लो। किसी से पूछ लेना, मेट्रो स्टेशन वहीं पास में है।" बल्लू भइया ने कहा।

"भइया, सामान ज्यादा है। बार-बार चढ़ाना-उतारना मुश्किल हो रहा है।" दीपक ने अपनी परेशानी बताई।

"ओह अच्छा। तब तुम ऑटो से आओ। किसी ऑटोवाले से बात कराओ, मैं उसको बता दूँगा कि कहाँ आना है।" बल्लू भइया ने दीपक की परेशानी समझते हुए प्यार भरे लहजे में कहा।

दीपक के बिल्कुल पास में ही एक ऑटोवाला खड़ा था। दीपक ने उससे पहले बात की और फिर फोन लगाकर उसको पकड़ा दिया। बल्लू भइया ने फोन पर उसे समझा दिया कि कहाँ पहुँचना है। ऑटोवाले ने 'समझ गया' कहते हुए फोन दीपक को पकड़ा दिया।

रात के साढ़े दस बज रहे थे। ऑटो तेज रफ्तार से दिल्ली की सड़कों पर भागने लगा। करीब आधे घंटे बाद दीपक को लेकर ऑटोवाला गणेश नगर के अग्रवाल स्वीट्स के पास पहुँच गया। बल्लू भइया वहीं खड़े सिगरेट पी रहे थे। ऑटो से दीपक को उतरते देखकर फौरन उसके पास गए।

"दीपक ?" बल्लू भइया ने पूछा। क्योंकि दोनों पहली बार मिल रहे थे।

"जी, आप बल्लू भइया ?" दीपक ने जैसे उनकी आवाज को पहचानकर कहा और सामान उतारने लगा।

"हाँ, चलो, लाओ एक बैग हमको दे दो। कितना हुआ जी तुम्हारा ?" बल्लू भइया ने ऑटोवाले को किराया देकर दीपक का एक बैग ले लिया और आगे-आगे चलने लगे। दीपक ने कोई प्रतिक्रिया नहीं दी।

पढ़े-लिखे लड़के हों या फिर जॉब कर रहे युवा हों, उनके बीच सीनियर और जूनियर का एक रवैया हमेशा बरकरार रहता है, तब तक जब तक कि इन दोनों में बराबर की दोस्ती जैसी कोई चीज आकर न बैठ जाए। दोनों के बीच एक अघोषित समझौता होता है कि किराए का पैसा हो या फिर चाय-पानी या फिर नाश्ता-खाने का पैसा हो, वह सीनियर ही देगा। दीपक इस बात को जानता था, इसलिए जब बल्लू भइया ने ऑटोवाले को किराया दिया तो उसने कोई प्रतिक्रिया नहीं दी, क्योंकि उसकी प्रतिक्रिया का कोई मतलब होता भी नहीं, अंततः बल्लू भइया ही किराया देते।

रात के ग्यारह बजे के करीब बल्लू भइया के साथ दीपक रूम पर पहुँच चुका था। बल्लू भइया ने मेड से बोल के दीपक का खाना भी बनवा दिया था।

दीपक अगले दिन सुबह एकदम टाइम से बाराखंबा रोड के पास एक बड़ी सी बिल्डिंग में भारत इंडस्ट्रीज के ऑफिस में पहुँच गया। एच.आर. ने उसको कुछ चीजें समझाईं और फिर अमन श्रीवास्तव के केबिन में भेज दिया।

"मे आई कम इन सर ?" दीपक ने केबिन का दरवाजा नॉक करके पूछा।

"यस, कम इन।" अमन ने लैपटॉप पर अपनी नजरें गड़ाए हुए ही जवाब दिया।

"गुड मॉर्निंग सर!" केबिन में दाखिल होकर उसका दरवाजा बंद करते हुए दीपक ने कहा।

"वेरी गुड मॉर्निंग एंड वेलकम टू भारत इंडस्ट्रीज!" अमन ने लैपटॉप से नजरें उठाकर कहा।

"थैंक यू सर!" दीपक ने कहा।

अमन ने दीपक को चेयर पर बैठने के लिए कहा और फिर उसे काम के बारे में समझाने लगा। थोड़ी देर बाद दीपक केबिन से बाहर आया और सीधा एच.आर. के पास गया। एच.आर. ने कुछ फॉर्मेलिटीज पूरी की और उसे एक क्यूबिकल में ले गया, जहाँ उसे काम करना था।

भारत इंडस्ट्रीज के ऑफिस में सौ से ज्यादा लोग काम करते थे। दीपक ने अपने क्यूबिकल में बैठकर जैसे ही कंप्यूटर ऑन किया तो लगा कि वह एक नई दुनिया में प्रवेश कर चुका है। थोड़ी देर में प्यून उसके टेबल पर चाय रख गया और अपना नाम भी बताता गया। 'थैंक्यू' बोलकर दीपक ने चाय उठाई और एक सिप लिया। चाय पीते हुए उसे खयाल आया कि पहले माँ-पापा को बताना चाहिए कि वह ऑफिस जॉइन कर चुका है।

"हैलो माँ, पाय लागो।" दीपक ने माँ को कॉल की।

"जुग-जुग जियो, बेटा! नाश्ता किया या नहीं?" माँ ने आशीर्वाद देकर पहला सवाल किया। बेटा अगर चाँद पर भी पहुँच जाए न, तो माँ के पास तब भी यही चिंता रहेगी कि उसके बेटे ने कुछ खाया या नहीं।

"हाँ माँ, बल्लू भइया के रूम से नाश्ता करके ही आया था ऑफिस। अभी मैं अपनी सीट पर बैठा हूँ और आज से मेरा काम शुरू हो गया है।" दीपक ने कहा।

"भगवान् तरक्की दें, बेटा! खूब मन लगाकर काम करना। लेकिन खाने-पीने पर ध्यान जरूर देना। यह नहीं कि काम के आगे खाना ही छोड़ दो।" माँ ने समझाया।

"हाँ माँ, पापा कहाँ हैं?" दीपक ने पूछा।

"अभी यहीं थे, गए होंगे कहीं आसपास।" माँ ने बताया।

"अच्छा माँ, अब रखता हूँ। पापा को बता देना।" दीपक ने कहा। दीपक

जब कॉलेज में था, तब भी वह ऐसे ही माँ को कॉल करता था और कहता था कि पापा को बता देना। पापा से सीधे कोई बात कहने की उसकी आदत ही नहीं थी।

"ठीक है बेटा, अपना ध्यान रखना।" माँ ने कहा और अपने आँचल से आँखों के कोरों पर निकल आए खुशी के आँसुओं को पोंछने लगी।

एक माँ के बेटे को पहली नौकरी मिली थी। बहुत तपस्या की थी माँ ने दीपक को पढ़ाने के लिए। इसलिए माँ का दिल एक गर्व महसूस कर रहा था। ऐसे गर्व में आँसू खुद-ब-खुद आँखों से निकल आते हैं।

गर्व महसूस तो दीपक भी कर रहा था अपने क्यूबिकल में बैठे हुए। थोड़ी देर में अगल-बगल के क्यूबिकल से उसके सहकर्मियों से उसका परिचय हुआ और फिर कंप्यूटर पर अपना मेल खोलकर देखने लगा कि आज का क्या काम असाइन हुआ था।

चूँकि दीपक का पहला दिन था और पहले ही दिन उसे कोई बड़ा काम नहीं दिया जा सकता था। वह था तो मैनेजमेंट ट्रेनी ही न। उसने जब मेल चेक किया तो सी.ई.ओ. अमन श्रीवास्तव का मेल आया हुआ था, जिसमें लिखा था कि उस महीने जितने भी प्रोजेक्ट होनेवाले हैं, उन सबके कंसर्न पर्सन से बात करके उसे समझ लेना है कि ऑनगोइंग प्रोजेक्ट में और क्या-क्या किया जाना बाकी है। क्लाइंट की बाकी रिक्वायरमेंट्स क्या हैं, जिन्हें भारत इंडस्ट्रीज को पूरा करना था।

दीपक ने अपने बैग से डायरी और पेन निकाला और फिर सारे क्लाइंट के नंबर नोट करने लगा। फिर एक-एक को कॉल करके उनकी बाकी रिक्वायरमेंट की जानकारी लेने लगा। यही सब करने में लंच का टाइम हो गया।

दीपक लंच लेकर नहीं आया था। अभी बल्लू भइया के रूम पर रह रहा था, इसलिए उसने सोचा कि जब कुछ दिन बाद उसका अपना रूम हो जाएगा, तब वह रोज लंच लेकर आएगा।

लंच आवर में बाकी अपने सहकर्मियों से दीपक की जान-पहचान हुई। यहाँ तक कि उसके अगल-बगल के क्यूबिकलवाले सहकर्मियों ने अपने लंच

में उसे भी शामिल होने को कहा। कुछ झिझकते हुए दीपक ने उनके साथ लंच किया और फिर कॉलेज से लेकर यहाँ आने तक के सफर के बारे में बातचीत शुरू हो गई।

"तो अमन सर ने तुम्हें सिलेक्ट किया था। बहुत बढ़िया। फिर तो तुम्हें ज्यादा सावधान रहने की जरूरत है।" पहले सहकर्मी ने कहा।

"क्यों, ऐसी क्या बात है?" दीपक ने पूछा।

"अमन सर जिसको सिलेक्ट करते हैं, उस पर उनकी नजर ज्यादा रहती है और उससे काम भी खूब कराते हैं।" दूसरे सहकर्मी ने कहा।

"ओके···खैर, हम काम करने ही तो यहाँ आते हैं और हमें इसी के पैसे मिलते हैं तो काम के कम-ज्यादा से कोई फर्क नहीं पड़ता। बस शर्त यह है कि काम पूरा और सही से होना चाहिए।" दीपक ने कहा।

"भाई, अभी तू नया है न, इसलिए ऐसी बड़ी बातें कह रहा है। थोड़े समय बाद खुद पता चल जाएगा कि कम काम क्या होता है और ज्यादा काम क्या होता है।" पहले सहकर्मी ने कहा।

"चलो अब तो जॉइन कर लिया है। जो होगा, देखा जाएगा।" दीपक ने कहा।

लंच आवर खत्म हो चुका था। दीपक वापस अपने क्यूबिकल में बैठा बाकी बचे क्लाइंट्स को फोन लगाकर ऑनगोइंग प्रोजेक्ट के स्टेटस के बारे में बता रहा था और उनसे उनकी रिक्वायरमेंट के बारे में पूछ रहा था।

दीपक के मेल में कुल 30 क्लाइंट के नंबर थे, जिनमें से लंच तक वह 10 को ही कॉल कर पाया था। बाकी शाम के छह बजते-बजते ग्यारह और क्लाइंट से बात हो पाई। बाकी बचे नौ क्लाइंट या तो बिजी थे या फिर उनका फोन नहीं लग रहा था।

शाम छह बजे जब अमन श्रीवास्तव ने दीपक को अपने केबिन में बुलाकर काम का स्टेटस पूछा तो दीपक ने सारी बात बता दी। सिर्फ 21 क्लाइंट से बात हो पाने को सुनकर अमन भड़क उठा।

"यही है तुम्हारे काम का टेंपरामेंट? दिस इज नॉट डन।" अमन ने डाँटते हुए कहा।

"सर, इट इज माई फर्स्ट डे। और…" दीपक ने डरते-डरते कहा तो उसकी बात अमन ने काट दी।

"मुझे बहाने और न सुनने की आदत नहीं है, दीपक!"

"सर, मैं बहाना नहीं कर रहा। बाकी लोग या तो बिजी हैं या फिर उनका फोन नहीं लग रहा।" दीपक ने धीरे से कहा।

"तो तुम्हें उन्हें मैसेज छोड़ना चाहिए था न कि वे कॉल बैक करें!" अमन ने उसकी आँखों में घूरते हुए कहा।

"सॉरी सर, यह मुझे पता नहीं था कि ऐसा भी कर सकते हैं।" दीपक ने कहा।

"चलो, ठीक है। आगे से ध्यान रखना। मैं 'न' नहीं सुनता। एट ऐनी कॉस्ट माई वर्क शुड बी कंप्लीटेड। यू मे गो नाउ।" अमन ने कहा और लैपटॉप पर अपनी नजरें गड़ाकर कुछ देखने लगा।

थैंक्यू बोलकर दीपक केबिन से बाहर निकल आया। फुल ए.सी. वाले उस चिल्ड ऑफिस में दीपक के माथे पर पसीने की बूँदें उभर आईं।

□

4

दीपक का ऑफिस में पहला दिन इतना बेकार जाएगा, यह उसने कभी नहीं सोचा था। उसे तो हमेशा यही लगता था कि ऑफिस में काम करने का टेंपरामेंट एकदम कूल होता होगा। एक खयाल पल रहा था इस कूलपने का कि जब वह ऑफिस में अपने क्यूबिकल में बैठकर कंप्यूटर पर काम करेगा तो उस पल उसे बहुत ही गर्व का अनुभव होगा। लेकिन खयाल और भ्रम बड़ी ही जल्दी टूट जाते हैं।

सी.ई.ओ. अमन श्रीवास्तव ने कैंपस इंटरव्यू में जिस तरह से कोऑपरेट किया था, उसे देखते हुए लगा था कि वे बहुत हंबल स्वभाव के व्यक्ति होंगे। लेकिन दीपक का यह भ्रम पहले ही दिन टूट गया। लेकिन इतना जरूर है कि दीपक को यह बात समझ में आ गई कि कोई भी नौकरी इतनी आसान नहीं होती। खासतौर से मैनेजमेंट की नौकरी तो और भी नहीं, क्योंकि बड़ी-बड़ी कंपनियों के प्रोजेक्ट को एक डेडलाइन के तहत पूरा करने की जिम्मेदारी ही मैनेजमेंट के बंदों की होती है। दीपक इन बातों से अनभिज्ञ भी नहीं था, इसलिए उसने सोच लिया कि भ्रम टूटने जैसी कोई बात नहीं है। क्योंकि वह किसी भी कंपनी में जॉब करने जाता तो वहाँ भी बॉस का रवैया ऐसा ही होता। कंपनियों के अधिकतर बॉस अपने एंप्लॉइज की न सुनना ही नहीं चाहते, भले ही एंप्लॉइज के सामने मुश्किलों का अंबार खड़ा हो।

ऐसा नहीं था कि अमन श्रीवास्तव केवल अपने एंप्लॉइज के लिए ही सख्त थे, बल्कि खुद के साथ भी वे बेहद सख्त थे। यानी अपनी न भी वे कभी नहीं सुनते थे, इसलिए कभी किसी काम को लेकर न उनके पास बहाने होते

थे और न ही लेटलतीफी कि कल कर लेंगे। यही खूबी उन्हें बेस्ट सी.ई.ओ. बनाती थी और भारत इंडस्ट्रीज को एक ऊँचा मुकाम भी देती थी।

यही सब सोचते हुए दीपक शाम को साढ़े छह बजे ऑफिस से निकला तो उसे बाराखंबा मेट्रो के पासवाली गली में एक चाय की टपरी दिख गई। वहाँ जाकर एक चाय बोली और फिर वहाँ पड़ा उस दिन का अखबार देखने लगा। थोड़ी देर बाद वहाँ से चाय पीकर उठा और गणेश नगर के लिए ऑटो ले लिया।

दीपक अभी-अभी घर पहुँचा था। बल्लू भइया रोज सात बजते-बजते घर पहुँच जाते थे, क्योंकि उनका ऑफिस टाइम सुबह नौ से शाम के पाँच बजे था। दीपक के उतरे चेहरे को देखकर बल्लू भइया भाँप गए कि ऑफिस का पहला दिन अच्छा नहीं गया।

"क्या हुआ दीपक ? बहुत उदास लग रहे हो।" बल्लू भइया ने दीपक से पूछा।

"नहीं भइया, उदास नहीं हूँ।" दीपक ने एक नकली मुसकान के साथ कहा।

"अबे, वह तो तुम्हारे चेहरे पर लिखा है कि ऑफिस का तुम्हारा पहला दिन अच्छा नहीं गया है।" बल्लू भइया ने चुटकी ली।

"हाँ भइया, लेकिन ऐसा तो हर किसी के साथ ही होता होगा न ? फिर क्यों टेंशन लेना। अब तो नौकरी करनी ही है, जो होगा, देखा जाएगा।" दीपक ने नकली मुसकान उतार फेंककर कहा।

"हाँ, वह तो है। एनीवे। कल सुबह आठ बजे एक कमरा देखने चलना है। आठ बजे तक तैयार हो जाना। कमरा देखकर वहीं से ऑफिस के लिए निकल जाना।" बल्लू भइया ने कहा।

"ठीक है भइया, मैं तैयार रहूँरा।" दीपक ने कहा और फ्रेश होने के लिए बाथरूम में घुस गया।

पहले दिन दीपक के साथ जो कुछ हुआ, उस दिन के बाद उसने कमर कस ली कि अब कोई भी काम एकदम टाइमली करना है और अमन श्रीवास्तव को कोई चूक का मौका नहीं देना है। हालाँकि दीपक अब अमन के

पास जाने से डरने लगा था, इसलिए उनसे बचने की हर कोशिश करता था। चूँकि उसे अमन को ही रिपोर्ट करना होता है, इसलिए वह उनसे बच तो नहीं सकता था, इसलिए कोशिश करता था कि उनका असाइन किया हुआ काम जितना जल्द हो सके, पूरा कर ले।

वैसे भी अभी उमर ही क्या थी दीपक की! महज 22-23 साल, जो कॉलेज से निकलते ही सीधा कंपनी पहुँच गया था। न किसी तरह के काम का अनुभव था और न ही काम करने की जगह वगैरह के माहौल की कोई जानकारी ही थी। फिल्मों में वर्कप्लेस जो दिखाया जाता है, असलियत में उससे काफी अंतर होता है किसी कंपनी में काम करना। दीपक इस बात को अच्छी तरह से समझ भी रहा था। इसलिए उसने खुद को तसल्ली देना शुरू कर दिया कि आगे सब ठीक हो जाएगा, क्योंकि अगर वह शुरू से ही उलझने लगेगा तो फिर आगे काम करना मुश्किल हो जाएगा।

दीपक को जॉब करते हुए एक सप्ताह पूरा हो गया था। इस बीच उसने जैसे-तैसे एक सस्ता सा अपना रूम भी ले लिया था। बल्लू भइया ने ही रूम खोजने से लेकर उसकी शिफ्टिंग तक कराई थी। और शिफ्ट कराने के बाद कहा था कि कभी भी कोई दिक्कत हो तो वो उन्हें तुरंत बताए, सिर्फ एक कॉल की दूरी पर हैं दोनों, तुरंत हाजिर हो जाएँगे।

दीपक के काम की एफिशिएंसी बढ़ गई थी और वह अपना हर काम बड़ी ही तेजी और बारीकी से करने लगा था। अमन श्रीवास्तव उससे खुश भी थे, लेकिन वे चाहते थे कि दीपक में अभी और परफेक्शन आ जाए। एंप्लॉई चाहे कितना भी अच्छा काम कर ले, लेकिन बॉस की जुबान से तारीफ के साथ एक 'लेकिन' जरूर जुड़ जाता है। खैर, अगर कोई बॉस संतुष्ट हो जाए तो फिर वह बॉस ही क्या हुआ!

उधर मिर्जापुर में दीपक की माँ थोड़ी ज्यादा चिंता करने लगी थी, इसलिए उनकी सेहत दिन-प्रतिदिन गिरने लगी। वैसे तो दीपक रोज ही फोन पर बात कर लिया करता था, लेकिन माँ उसे कुछ नहीं बताती थी, बल्कि उसे ही कहती रहती थी कि वह अपना अच्छी तरह से खयाल रखे और मेहनत से काम भी करे, ताकि वह जल्दी से उसकी शादी कर सके। वो कहते हैं कि

चिंता से शारीरिक नुकसान होता है और सेहत पर इसका बुरा असर होता है। वही उसकी माँ के साथ हुआ।

दीपक को जॉब करते हुए अभी छठवाँ महीना ही शुरू हुआ था कि उसकी माँ की तबीयत बिगड़ गई। लेकिन दीपक को यह बात पता नहीं थी। हालाँकि वह रोज ही माँ से बात करता था।

शाम के चार बज रहे थे, जब दीपक के पापा डॉक्टर के पास से उसकी माँ के लिए दवाई लेकर लौटे। अब उन्हें लगने लगा कि दीपक को माँ की तबीयत के बारे में बता देना चाहिए। पिछले कई दिन से वो उसकी माँ से कह भी रहे थे, लेकिन माँ यही बात कहती थी कि वह काम में बिजी होगा, तबीयत के बारे में सुनते ही परेशान हो जाएगा। लेकिन उस दिन उसके पापा से रहा नहीं गया तो उन्होंने दीपक को फोन लगा दिया।

"हैलो पापा, पाय लागो।" दीपक ने कॉल रिसीव करके अभिवादन किया।

"खुश रहो, बेटा! और कैसी चल रही है तुम्हारी जॉब? काम में मन लग रहा है न? वहाँ रहने-वहने में कोई दिक्कत तो नहीं है न?" पापा ने एक साथ कई सवाल पूछ लिये।

अकसर पिताओं को अपने बेटे से जब कोई जरूरी बात करनी होती है तो वे तुरंत उस जरूरी बात को नहीं कहते, बल्कि पहले पूरी तरह से उस बात को कहने का माहौल बनाते हैं। दीपक के पिता भी तो उन्हीं में से एक थे, फिर भला वे सीधे जरूरी बात क्यों करते!

"जी पापा, यहाँ रहने में कोई दिक्कत नहीं है। अब तो छह महीने पूरे होने को हैं, अब तो मैं पुराना हो गया हूँ यहाँ के लिए।" दीपक ने जवाब दिया।

"हाँ, यह बात तो है।" पापा ने कहा।

"माँ कहाँ है, पापा? बात कराइए।" दीपक ने पूछा।

"सो रही है, उसकी तबीयत कुछ नरम है। अभी दवाई खाई है।" पापा ने बड़े धीरे से यह जरूरी बात बताई।

"तबीयत खराब है! कब से?" दीपक ने चौंकते हुए पूछा। क्योंकि कल ही तो माँ से बात हुई थी, तब उसने तो कुछ नहीं बताया।

"कई दिन से है। तुमको छुट्टी तो मिलेगी नहीं अभी। तीन महीने भी पूरे नहीं हुए हैं। रहने दो, हमने यहाँ डॉक्टर को दिखाया है। कुछ दिन में ठीक हो जाएगी।" पापा ने बताया।

"हुआ क्या है माँ को? डॉक्टर ने क्या कहा?" दीपक अब घबराने लगा।

"बहुत कमजोर हो गई है। खाना भी ठीक से नहीं खा पा रही है।" पापा ने धीरे से कहा, जैसे वे कुछ बताना ही नहीं चाह रहे थे।

"पापा, यह छोटी बात नहीं है। इतने दिन से माँ बीमार है और आप आज बता रहे हैं। माँ ने नहीं बताया, लेकिन आप तो बता ही सकते थे न?" दीपक अब कुछ झल्लाने लगा।

"अरे, चिंतावाली बात नहीं है। ताकतवाला टॉनिक लाए हैं। जल्दी ही ठीक हो जाएगी। तुम अपने काम में मन लगाओ।" पापा ने दीपक की झल्लाहट की भरपाई करने के लिए कहा।

"अब कहाँ काम में मन लगेगा पापा! मैं छुट्टी के लिए अप्लाई कर देता हूँ। देखता हूँ कि कब तक छुट्टी मिलती है। टिकट भी तो लेना होगा। पता नहीं रिजर्वेशन मिलेगा या नहीं। नहीं मिला तो मैं जनरल में बैठकर आ जाऊँगा, पापा! तब तक आप माँ का ध्यान रखिए।" दीपक ने उदासी भरे लहजे में कहा।

"ज्यादा घबरानेवाली बात नहीं है, बेटा! तुम आराम से रिजर्वेशन कराकर ही आओ। और चिंता तो बिल्कुल भी नहीं करना, मैं हूँ न यहाँ इसका खयाल रखने के लिए।" पापा ने दीपक का ढाढ़स बढ़ाया, क्योंकि दीपक कुछ घबरा गया था कि पता नहीं क्या बीमारी हो माँ को।

"ठीक है पापा, आप ध्यान रखिए। मैं टिकट और छुट्टी का कंफर्म होते ही बताता हूँ।" दीपक ने कहा और बुझे मन से कॉल डिस्कनेक्ट कर दी।

दीपक ने एक नजर कंप्यूटर पर अपने काम की लिस्ट की ओर देखा, अभी बहुत काम बाकी था। अब वह इस उलझन में था कि वे सारे काम कैसे पूरे होंगे, जबकि टारगेट टाइम बहुत कम था। माँ की तबीयत के बारे में जानकर वैसे भी एक बेटे का मन काम में कहाँ लग सकता है भला!

शाम के छह बजते-बजते जैसे-तैसे दीपक ने उस दिन के सारे काम निपटा दिए। एक पल के लिए भी अपनी सीट से इधर-उधर नहीं हटा। चाय-कॉफी की तलब होती तो वहीं बैठे-बैठे ही प्यून से मँगा लेता।

दीपक को मालूम था कि सी.ई.ओ. अमन श्रीवास्तव सबके जाने के बाद ही ऑफिस से निकलते थे। उनके ऊपर सैकड़ों एंप्लॉइज के साथ-साथ अनगिनत क्लाइंट्स के प्रोजेक्ट्स की भी जिम्मेदारी जो थी। बड़ी जिम्मेदारियाँ बहुत सारा वक्त यूँ ही नहीं सोख लेतीं। बड़ी जिम्मेदारी सँभालनेवाले लोग अकसर एंप्लॉइज से पहले ऑफिस आते भी हैं और सबसे बाद में ऑफिस से घर जाते भी हैं।

दीपक ने दिल्ली से मिर्जापुर के लिए ट्रेन का रिजर्वेशन देखा तो दो दिन बाद सिर्फ एक ट्रेन में कुछ सीटें बची थीं, वह भी दो बजे रात को दिल्ली से चलती थी, इसलिए उसमें कम ही लोग रिजर्वेशन कराते थे। उसने फौरन एक टिकट बुक कर दिया और फिर एच.आर. डिपार्टमेंट से लीव एप्लीकेशन फॉर्म लाकर 15 दिन की छुट्टी के लिए फॉर्म भरने लगा। फॉर्म फिल करने के बाद वह अमन श्रीवास्तव के पास जाने से हिचक रहा था कि अभी तीन महीने भी जॉब करते नहीं हुए तो कैसे 15 दिन की छुट्टी माँग ले। और छुट्टियाँ देने के मामले में भारतीय कंपनियों के बॉस तो ऐसे होते हैं, जैसे एक कर्मचारी के छुट्टी पर जाने से पूरी कंपनी का ही सारा काम ठप पड़ जाएगा।

बहरहाल, हिचक के साथ दीपक डरते-डरते अमन के केबिन के दरवाजे पर जा खड़ा हुआ। दरवाजे पर उसे खड़ा देख अमन ने खुद ही उसे अंदर बुला लिया।

"हाँ बताओ दीपक, क्या बात है ? तुम कुछ परेशान लग रहे हो।" अमन ने दीपक की तरफ नजर उठाकर उससे पूछा।

"सर…सर…वो…छु…" दीपक बोल ही नहीं पाया। ऐसा लग रहा था, जैसे हलक में उसकी जबान पर किसी ने कुछ बाँध दिया हो, जिससे उसकी आवाज न निकलने पाए।

"क्या सर-सर…साफ बोलो भाई, क्या बात है।" अमन ने थोड़ा नाखुश होते हुए कहा।

"सर···वो···छुट्टी···चाहिए···" दीपक ने कहा, लेकिन तब तक अमन बोल पड़े।

"छुट्टी चाहिए! कितने दिन हुए तुम्हें यहाँ काम करते हुए?" अमन ने जोर से पूछा।

"सर···छठवाँ महीना···" दीपक की बात अधूरी रह गई।

"हाँ, छठवाँ महीना अभी पूरा नहीं हुआ है और तुम्हें छुट्टी चाहिए। किसलिए चाहिए छुट्टी? और पहली नौकरी में एक साल बाद ही घर जाने की छुट्टी लेनी चाहिए। पता है न?" अमन ने झल्लाते हुए पूछा।

"यस सर···बट वो माँ की तबीयत···ठीक नहीं है···इसलिए घर जाना होगा।" दीपक ने हिचकते हुए कहा और लीव एप्लीकेशन अमन के सामने टेबल पर रख दी।

"क्या हुआ है माँ को?" अमन ने अपना लहजा नरम करते हुए पूछा और लीव एप्लीकेशन उठाकर देखने लगा।

"सर···वो···वो ठीक से खाना नहीं खा पा रही है···बहुत कमजोर हो गई है। उसको मेरी जरूरत है अभी। अस्पताल में एडमिट करना होगा शायद।" दीपक ने बताया।

"ओह अच्छा! तुम्हारे घर पर कौन-कौन है?" अमन ने पूछा।

"बस पापा हैं केवल।" दीपक ने बताया।

"ठीक है, जाओ।" अमन ने लीव एप्लीकेशन पर साइन करते हुए कहा।

"और सुनो, उधर से आने का टिकट अभी मत लेना। मैंने 15 दिन की छुट्टी सैंक्शन तो कर दी है, लेकिन माँ जब तक ठीक न हो जाए, तब तक तुम वापस मत आना।" अमन ने बड़े आहिस्ते से कहा और दीपक की ओर टेबल पर लीव एप्लीकेशन सरका दी।

"ठीक है सर! थैंक्यू सर!" कहकर दीपक ने टेबल से लीव एप्लीकेशन उठाई और वापस मुड़कर केबिन का दरवाजा खोलने लगा। लेकिन तभी अमन ने उसे रोका।

"और सुनो दीपक, माँ के इलाज के लिए अगर पैसे-रुपए की जरूरत पड़े तो फौरन बिना सोचे-समझे मुझे एक मैसेज कर देना।"

"श्योर सर, थैंक्स ए लॉट, सर!" दीपक ने कहा और मुस्कराते हुए गेट खोलकर बाहर चला आया।

अमन श्रीवास्तव का यह एक अलग ही रूप था। अब से पहले ऑफिस में कभी उसने अमन सर को इतना कूल नहीं देखा था। छुट्टियाँ माँगते वक्त एंप्लॉइज डरे रहते थे कि पता नहीं अमन सर क्या लॉजिक देकर छुट्टी कैंसिल कर दें। लेकिन उस दिन दीपक की माँ की तबीयत का सुनते ही एकदम से नरम पड़ गए और बिना कोई लॉजिक दिए ही छुट्टी सैंक्शन कर दी। और ऊपर से यह भी कह दिया कि पैसों की जरूरत पड़े तो वह उन्हें जरूर बताए।

उन दिनों छुट्टियाँ मिलनी इसलिए मुश्किल होती थीं, क्योंकि मार्केट मंदी की मार से जूझ रहा था और भारत इंडस्ट्रीज के क्लाइंट भी कुछ कम हो गए थे। मैनेजमेंट के लिए रेवेन्यू जेनरेट करना बहुत मुश्किल हो रहा था, क्योंकि उन दिनों कुछ तकनीकी दिक्कतों के चलते कंपनी की परफॉर्मेंस नीचे आ रही थी और बोर्ड ऑफ डायरेक्टर्स इसका जवाब सी.ई.ओ. अमन श्रीवास्तव से ही माँग रहे थे।

दीपक ने अंदाजा लगाया कि शायद अमन श्रीवास्तव का उनकी माँ से भी उसी तरह का गहरा लगाव रहा होगा, जैसा दीपक का उसकी माँ से था। तभी तो माँ की तबीयत का सुनते ही उनका लहजा नरम पड़ गया और बिना एक पल गँवाए ही एप्लीकेशन पर साइन कर दिए।

इनसान जज्बात के हर सिरे से बँधा होता है। जरा सी कोई नस चुभ जाए तो फौरन पिघल जाता है। मिजाज से लोग चाहे जितने भी सख्त क्यों न हों, माँ की बात आते ही सख्त-से-सख्त व्यक्ति का लहजा भी अचानक से नरम पड़ जाता है और सामनेवाले के लिए अचानक से बाअदब हो जाता है। उनकी माँ से जुड़ी हुई रही होगी कोई ऐसी रहस्यमयी बात, जिसके चलते अमन श्रीवास्तव जैसा कड़क मिजाज आदमी भी पल भर में ही नरम हो गया हो।

टिकट और छुट्टी मिलने का कंफर्मेशन अपने पापा को दे दिया और बल्लू भइया को भी कॉल करके सारी जानकारी दे दी। बल्लू भइया ने भी कहा कि वह आराम से घर जाए, यहाँ कमरे-वमरे का वे देख लेंगे। यह सुनकर दीपक को कुछ तसल्ली हुई तो वह निश्चिंत होकर जाने की तैयारी करने लगा।

दीपक घर जाने के लिए ट्रेन में बैठ गया। बड़ी मुश्किल से वे दो दिन काट पाया था वह। बार-बार उसका मन माँ की तबीयत की तरफ चला जाता था और माँ का मुस्कराता चेहरा उसकी आँखों के सामने झूमने लगता था।

लड़कों का लगाव अपनी माँ से कुछ ज्यादा ही होता है। दीपक को भी अपनी माँ से ज्यादा लगाव था। ऐसा नहीं है कि वह अपने पापा को कम चाहता था, लेकिन लगाव का जो सिरा माँ की ओर था, वह कुछ ज्यादा ही मजबूत था बजाय पापा की तरफ के सिरे के। यह सार्वभौमिकता भारत के लगभग हर हिस्से में पाई जाती है।

सुबह के ग्यारह बजने को थे, जब उसकी ट्रेन मिर्जापुर स्टेशन पर पहुँची। ट्रेन से उतरकर भागा-भागा दीपक अपने घर पहुँचा। उसकी माँ बिस्तर पर लेटी हुई थी और पापा उसके पास बैठे सब्जियाँ काट रहे थे। दीपक को देखते ही निढाल पड़ी माँ के भीतर जैसे जान आ गई। उसका चेहरा खिल गया और होंठों पर अपने बच्चे का नाम बुदबुदाने लगी। अपने बच्चों को सामने देखकर माँओं के भीतर ऊर्जा का संचार कुछ ज्यादा ही होता है। फिर वे चाहे बड़ी-से-बड़ी तकलीफ में ही क्यों न हों! उनके लाल के चेहरे से टपकते तेज से ही उनका हृदय एकदम से जुड़ा जाता है।

दीपक ने पापा के पाँव छुए और माँ के पास जाकर बैठ गया। दीपक के पास बैठते ही माँ उठने लगी।

"अरे-अरे, लेटी रहो माँ...कैसी तबीयत है अब?" दीपक ने पूछा।

"अब तू आ गया है न...अब जल्दी ठीक हो जाऊँगी।" माँ ने मुस्कराकर दीपक के चेहरे पर हाथ फेरते हुए कहा।

"लेकिन इतने दिन से बताया क्यों नहीं कुछ? फोन पर तो रोज ही बात होती थी।" दीपक ने पूछा।

"अरे बेटा, सोचती थी कि तू परेशान हो जाएगा, इसलिए नहीं बताया कभी।" माँ ने प्यार से कहा।

"लेकिन फिर वापस दिल्ली जाना भी तो पड़ेगा माँ, जॉब तो करनी है न। तू ही तो चाहती थी कि मैं जॉब करूँ एक बड़ी कंपनी में।" दीपक ने कहा।

"अरे बेटा, मैं कहाँ कह रही कि तुमको जाना नहीं पड़ेगा। मैं तो यह

चाहती हूँ कि जल्दी से तुम्हारी शादी हो जाए और तू अपना घर बसा ले।" माँ की जुबान पर असली बात आ ही गई।

"शादी अभी नहीं करनी, माँ! अभी पूरी तरह से मैं सेटल नहीं हुआ हूँ जॉब में। कम-से-कम दो से तीन साल के बाद ही करूँगा शादी।" दीपक ने कहा।

"बेटा, मेरी तबीयत ठीक नहीं रहती अब। कमजोरी इतनी आ गई है कि अब मुझसे कुछ होता भी नहीं। बहू आ जाएगी तो सब सँभाल लेगी।" माँ ने समझाया।

"वो तो ठीक है, लेकिन⋯" दीपक अभी कुछ कहता कि तभी⋯।

"लेकिन-वेकिन कुछ नहीं। तेरे पापा ने एक लड़की देखी है तेरे लिए। मुझे यकीन है, तुझे वह पसंद आएगी।" माँ ने कहा।

"लड़की! लेकिन पापा ने तो कुछ बताया नहीं!" दीपक ने चौंकते हुए कहा और पापा की ओर देखने लगा। उसके पापा ने फौरन बताना शुरू कर दिया—

"वह थोड़ी दूर पर मिर्जापुर स्टेशन के बाद जो पहला हाल्ट आता है न, वहीं के मेरे मित्र हैं रामप्रवेशजी। उन्हीं की लड़की है। बड़ी ही सुंदर और सुशील लड़की है। रामप्रवेश चाहते हैं कि शादी हो जाए, बाकी गौना बाद में होता रहेगा।" पापा ने सब खुलकर बता दिया।

"आप दोनों ऐसे कैसे बिना मुझे बताए या बिना मुझसे पूछे ये सब तय कर सकते हैं?" दीपक ने गुस्सा होते हुए कहा।

"तुझे हमारी पसंद पर भरोसा नहीं है तो ठीक है। तू ही बता दे, है कोई लड़की जिसे तू पसंद करता है?" माँ ने पूछा।

"माँ, बात मेरे पसंद या नापसंद की है ही नहीं। कम-से-कम मुझे मालूम तो होना चाहिए न।" दीपक झल्लाया।

"तो अब तो मालूम हो गया न, बेटा! वह अच्छी लड़की है। मैंने देखा है उसे। भई, मुझे तो वह बहू के रूप में बहुत पसंद है। मनोरमा नाम है उसका।" पापा ने आँखों में शरारत लेकर मुस्कराते हुए कहा।

"उसकी फोटो तो भेज दीजिए इसके मोबाइल पर। आपके मोबाइल में तो होगी ही?" माँ ने पापा से कहा।

तभी पापा ने झट से जेब से मोबाइल निकाला और दीपक को मनोरमा की फोटो भेज दी। दरअसल दीपक के माँ-पापा उसको सरप्राइज भी देना चाहते थे और यह चाहते थे कि जब दीपक घर पर हो, तभी उसे यह सब बताया जाए। इसलिए उसके दिल्ली रहते हुए कभी इन सबका कोई जिक्र नहीं किया उन्होंने। वैसे भी माँ-बाप अपने बच्चों से बहुत सी बातें शेयर नहीं करते और न ही अपना बहुत-कुछ बच्चों पर जाहिर ही होने देते हैं। माँ-बाप बनने के बाद ऐसी संवेदना आ ही जाती है, ताकि बच्चों पर उनकी हालत का कोई प्रतिकूल प्रभाव न पड़ने पाए।

दीपक के मोबाइल में मनोरमा की फोटो आई तो मैसेज टोन बजी। उसने मोबाइल फौरन जेब से निकालकर माँ के हाथ में रखा और अपना बैग उठाकर अपने कमरे में चला गया। माँ समझ गई कि अभी थोड़ा नाराज है, लेकिन उसे यकीन था कि वह दीपक को मना ही लेगी।

जैसे-तैसे माँ ने उठने की कोशिश की और किचन में चाय बनाने के लिए चली गई। कितने दिन बाद तो किचन में गई थी। शायद पंद्रह-बीस दिन बाद। जब से उसने खुद में कमजोरी को महसूस किया था और बेड पकड़ लिया था, तब से दीपक के पापा ही दोनों वक्त का खाना बना रहे थे। किचन एकदम से गंदा पड़ा हुआ था। कोई भी चीज अपनी जगह पर सलीके से नहीं थी। किचन की हालत देखकर माँ को बहुत गुस्सा आया और उसी गुस्से में उसने सफाई शुरू कर दी।

किचन में खटपट हुई तो दीपक के पापा ने जाकर देखा। दीपक की माँ को इस तरह किचन साफ करते हुए देखकर उन्हें यकीन ही नहीं हो रहा था कि वह वही थी, जो कई दिन से पानी का गिलास भी ठीक से नहीं पकड़ पा रही थी। उसे सहारा देकर बाथरूम ले जाना पड़ता था। और अब देखो, बेटे के आने की खुशी में उसमें जैसे ऊर्जा का नया संचार हो गया हो।

माँ ने बीमारी का बहाना नहीं किया था। सचमुच अंदर से वह बहुत कमजोर महसूस कर रही थी, लेकिन बेटे को मनाने के लिए उसे किचन में जा खड़ा होना पड़ा और किचन की हालत देखकर गुस्से में वह सफाई करने में जुट गई। दीपक के पापा ने कई बार उससे कहा भी कि किचन बाद में साफ

हो जाएगी, पहले अच्छी तरह से ठीक हो जाए। लेकिन किचन के मामले में औरतें इतनी आसानी से कहाँ सुनती हैं। दीपक की माँ ने भी एक न सुनी और आधे घंटे के भीतर पूरी किचन साफ करके चाय बनाई और दीपक के मग में ढेर सारी चाय लेकर वह दीपक के कमरे में गई।

दीपक अपने कमरे में बैग से कपड़े निकालकर उन्हें अलमारी में जमा रहा था। जो कपड़े गंदे थे, उन्हें अलग कर रहा था धोने के लिए।

"दीपक, पहले चाय पी लो, बाद में कपड़े रखना।" टेबल पर चाय का कप रखते हुए माँ ने कहा।

"अरे माँ, क्यों उठ गई? हम बना लेते न चाय?" माँ को बेड पर बिठाते हुए बोला।

"अरे मैं ठीक हूँ बेटा, तू इतनी टेंशन मत ले। बस तू मनोरमा को एक बार देख तो ले।" माँ ने दीपक का मोबाइल पकड़ाते हुए कहा।

"अच्छा, ठीक है। तुम आराम करो, मैं देख लूँगा।" दीपक ने जबरदस्ती मुस्कराते हुए कहा।

"नहीं, तू अभी देख। मुझे तुम्हारी राय जाननी है।" माँ ने जबरदस्ती भरे अंदाज में कहा।

"ठीक है, ठीक है, लाओ देखूँ तो कैसी है माँ की बहू।" दीपक मोबाइल में व्हाट्सएप खोलकर पापा के आए मैसेज को देखने लगा। फोटो में मनोरमा किसी शरारती बच्चे की तरह मुस्करा रही थी। वह फोटो मोबाइल से ही खींची लग रही थी, क्योंकि फोटो के बैकग्राउंड में खेत नजर आ रहा था। ऐसा लगता था, जब मनोरमा अपने खेत गई होगी, तब उसकी सहेलियों ने खींचा होगा, तभी उसके चेहरे पर एक शरारत भरी मुसकान आ गई थी, जिसमें एक खास तरह का आकर्षण भी था। उस आकर्षण में दीपक तो जैसे खो ही गया। लेकिन तस्वीर का क्या है, वह बहुत-कुछ बोलकर भी बहुत-कुछ छुपा भी जाती है। तस्वीर यह बता सकती है कि कोई अपने चेहरे से कितना खूबसूरत है, लेकिन वह यह नहीं बता सकती कि कोई अपने दिल से कितना खूबसूरत है।

"क्या हुआ? ठीक नहीं है?" दीपक को एकटक फोटो को घूरते हुए देखकर माँ ने पूछा तो दीपक की तंद्रा जैसे भंग हुई।

“अ हाँ-हाँ…ठी…ठीक है माँ…लड़की ठीक है।” दीपक ने हड़बड़ाते हुए जवाब दिया। थोड़ा सा शरमाते हुए मुस्करा भी उठा।

“ठीक है तो ठीक है…तू कल शाम को तैयार रहना। मनोरमा के माँ-बाप आ रहे हैं।” माँ ने चाय का कप पकड़ाते हुए कहा।

“मनोरमा के माँ-बाप…यह कब तय हुआ? पापा ने तो ऐसा कुछ नहीं बताया?” दीपक ने चौंकते हुए पूछा।

“जब तुमने पापा को अपने रिजर्वेशन के बारे में बताया, तभी उन्होंने मनोरमा के पापा को फोन किया था। वे लोग जल्दी तुम्हें देखना चाहते थे, इसलिए तुम्हारे पापा ने बुला लिया।” माँ ने मुस्कराते हुए कहा।

“अच्छा…तो आप लोगों ने सब तैयारी कर ली है। है न? तो फिर सीधा शादी की तारीख रखकर ही बताना था न, मैं आ जाता दिल्ली से ही शेरवानी पहनकर।” दीपक ने चिढ़ते हुए कहा।

“अरे गुस्सा न हो, बेटा! माँ विंध्यवासिनी जो चाहेंगी, वही होगा। तू अगर नहीं चाहता तो मैं तेरे पापा से कह देती हूँ कि वे मनोरमा के पापा को फोन करके मना कर दें।” माँ ने दीपक के सिर पर हाथ फेरते हुए कहा। दीपक कुछ नहीं बोला। माँ की ओर देखते हुए चाय की चुस्कियाँ भरने लगा।

माँएँ जब अपने बच्चों के सिर पर प्यार से हाथ फेरती हैं तो बच्चों का सारा गुस्सा पल भर में गायब हो जाता है। न जाने कैसा जादू होता है माँ की हथेलियों में। फिर तो बच्चों की चुप्पी के ऊपर उनकी ‘हाँ’ आकर बैठ जाती है, जिसे कोई भी बड़ी आसानी से पढ़ सकता है। दीपक की माँ ने उसकी चुप्पी के ऊपर की ‘हाँ’ को पढ़ लिया था और मुस्कराते हुए उसके कमरे से बाहर चली गई थी।

अगले दिन शाम के चार बजे के करीब मनोरमा के माता-पिता दीपक से मिलने आए। दीपक में ऐसी कोई कमी तो थी नहीं और फिर वह अच्छी जॉब में था, इसलिए उन्होंने फौरन उसे पसंद ही नहीं किया, बल्कि लगे हाथ शादी की बात भी कर ली। मनोरमा के माता-पिता चाहते थे कि जल्दी से उनकी बेटी की शादी हो जाए, फिर पता नहीं ऐसा लड़का मिलेगा या नहीं। मनोरमा के पापा रामप्रवेश तो दीपक को पहले से ही जानते थे, जब वह कॉलेज से

एम.बी.ए. कर रहा था। तभी तो उन्होंने दीपक के पापा से रिश्ते की बात चलाई थी। दीपक के पापा को भी बात जम गई और दोस्ती को रिश्तेदारी में बदलने के लिए उन्होंने हामी भर दी थी। उन्हें यह भी यकीन था कि दीपक उनकी बात नहीं टालेगा, इसलिए रामप्रवेश से शादी की बाकी सारे बातें भी तय कर लीं।

बेटियाँ जवान हो जाती हैं, भारतीय माँ-बाप के लिए जैसे बोझ बन जाती हैं। और वो जल्द-से-जल्द उनकी शादी करने के बारे में सोचने लगते हैं। अब मनोरमा के माता-पिता तो बाकी माँ-बाप से अलग थे नहीं, इसलिए उन्होंने एक सप्ताह बाद शादी का मशविरा रख दिया और साथ में यह भी कहा कि गौना तीन साल बाद होगा, जब वह पूरी तरह बालिग हो जाएगी। क्योंकि रामप्रवेश के घरेलू पंडित ने कहा था कि गौने का शुभ योग तीन साल बाद का बन रहा है, यानी मनोरमा जब 19वाँ साल पार कर जाए, तब उसका गौना किया जाए।

दीपक के माँ-पापा ने आपस में कुछ राय-मशविरा किया और लगे हाथ शादी करने के बारे में सोचा कि मौका तो अच्छा है। अगर मनोरमा के माँ-बाप जल्दी शादी चाहते हैं तो फिर कर ही देनी चाहिए। शादी हो जाने के बाद गौना आराम से होता रहेगा। दीपक के माँ-पापा इस बात से पहले ही खुश थे कि मनोरमा जैसी बहू उनको दूसरी नहीं मिलेगी। मनोरमा थी भी बहुत सुंदर। हालाँकि अभी वह महज सोलह साल की ही थी। उसके चेहरे पर गँवई मासूमियत के साथ उसके बदन की बनावट में एक खास तरह का आकर्षण था, जो उसे बाकी लड़कियों से अलग बनाता था। तभी तो दीपक ने उसकी फोटो को देखा तो देखता रह गया था। यही बात तो उसकी माँ ने दीपक के पापा से बताई थी कि दीपक को मनोरमा बहुत पसंद आई है। माँ-बाप अपने बच्चों के दिल की बात फौरन पकड़ लेते हैं। दीपक की माँ भी दीपक के दिल की बात समझ गई थी। इसलिए उसने दीपक के पापा को इशारा कर दिया कि लोहा गरम है, हथौड़ा मार देना चाहिए। एक बार शादी हो जाए तो फिर दो-तीन साल गुजरते देर ही कितनी लगती है।

मनोरमा के माता-पिता की राय के बाद दीपक के माँ-पापा ने उससे पूछा तो उसने एक टूक जवाब दिया कि वे जैसा ठीक समझें, करें। दीपक

गुस्सा नहीं था, बल्कि माँ को खुश देखना चाहता था। उसने महसूस किया कि कल सुबह जब से वह आया था, तब से उसकी माँ कितनी ख़ुश थी। जब वह दिल्ली के लिए जा रहा था, तब माँ के चेहरे पर एक उदासी देखी थी उसने, इसलिए रोज फोन करके उसका हाल पूछता रहता था। लेकिन अब उसे महसूस हुआ कि अपनी माँ के पास उसके होने से माँ को बहुत खुशी मिलती है। इसलिए खुशी के उन पलों को वह गँवाना नहीं चाहता था। अब रहा सवाल शादी का तो मनोरमा उसे पसंद आ ही गई थी, इसलिए उसने 'हाँ' कर दी कि जितनी जल्दी शादी होगी, उतनी ही जल्दी अच्छा। मनोरमा से वह जल्द-से-जल्द मिलना चाहता था। हालाँकि वहाँ यह परंपरा थी कि शादी से पहले लड़का-लड़की नहीं मिल सकते। इस बात का विरोध भी दीपक खूब करता था। लेकिन उसे क्या पता था कि जो चीज उसे पसंद नहीं थी, वही चीज उसके हाथ आ लगेगी!

दीपक की मंजूरी दो परिवारों के लिए खुशियों का संदेश लेकर आई थी। और देखते-ही-देखते अगले दस दिन बाद दीपक की शादी मनोरमा से तय कर दी गई।

मनोरमा के माता-पिता हँसी-खुशी अपने घर लौट गए कि अब घर जाकर शादी की तैयारी करनी है, आखिर दस दिन होते भी कितने हैं एक बेटी के माँ-बाप के लिए उसकी शादी की तैयारी के लिए, जबकि बेटियाँ अपनी किशोरावस्था पार करनेवाली ही होती हैं कि उनके रिश्ते की बातें होने लगती हैं। मनोरमा जब ग्यारहवीं में पढ़ने लगी थी, तभी से उसके लिए रिश्ते की बात हो रही थी। उसके पापा रामप्रवेश अच्छी तरह से दीपक के पापा को जानते थे, क्योंकि दीपक के पापा जब नौकरी में थे, तब अकसर उनके विभाग में रामप्रवेश किसी-न-किसी काम से जाते थे। रामप्रवेश का बहुत छोटा सा कारोबार था चक्की का। उनके घर पर ही बिजली से चलनेवाली चक्की से अनाज की पिसाई होती थी, जिसमें उन्होंने दो लड़कों को चक्की चलाने के लिए रखा हुआ था। कई साल पहले जब चक्की चलाने के लिए रामप्रवेश घरेलू उद्योग के तहत बिजली का कनेक्शन लेने अपने पास के बिजली विभाग गए थे, तब उन्हें कनेक्शन नहीं मिला। उन्हें कहा गया कि वे मिर्जापुर बिजली

विभाग से जाकर कुछ कागजों का अप्रूवल ले आएँ, तभी कनेक्शन मिलेगा। उसी सिलसिले में जब पहली बार वे मिर्जापुर बिजली विभाग में गए थे, तब वहाँ उनकी मुलाकात सतीशचंद्र से हुई थी। फिर तो वे मिर्जापुर जब भी जाते तो सतीशचंद्र से मिले बिना नहीं लौटते। इस तरह बार-बार मिलते रहने से एक जान-पहचान बन गई थी। रामप्रवेश थोड़े सख्त मिजाज के भी थे, जबकि वहीं सतीशचंद्र थोड़े ठंडे दिमाग के थे।

बहरहाल, वह दिन भी आया, जिसकी कल्पना हर लड़की-लड़का बड़ी ही बेचैनी के साथ करता है, यानी शादी का दिन। महज दस दिन में ही दोनों परिवारों ने अच्छी-खासी तैयारी कर ली। रामप्रवेश तो एक अरसे से तैयारी कर रहे थे अपनी बेटी की शादी के लिए। जब मनोरमा दसवीं में थी, तभी से उसकी शादी का खर्च जुटाने लगे थे। पिता अकसर यही करते हैं। बेटी के लिए एक तरफ लड़के की खोज शुरू होती है तो दूसरी तरफ शादी में लगनेवाले खर्च का जुगाड़ भी साथ-साथ चलता रहता है।

उधर दीपक इस कशमकश में था कि ऑफिस में बॉस को क्या बोले? वह चाहता था कि अपनी शादी की बात अमन श्रीवास्तव को बता दे, लेकिन फिर उसे अमन के गुस्से का खयाल आ गया। इसलिए दीपक ने अपनी शादी की बात नहीं बताई कि कहीं अमन सर यह न कह बैठें कि माँ की बीमारी का बहाना लेकर गया है और घर पहुँचकर अपनी शादी कर रहा है। अमन सर का गुस्से से भरा चेहरा अचानक से दीपक की आँखों के सामने आकर ठहर गया और उसने फौरन तय कर लिया कि अभी किसी को अपनी शादी के बारे में नहीं बताना है।

दीपक की माँ की तबीयत भी सुधर गई थी, क्योंकि दीपक उसका अच्छी तरह से खयाल रखता था। माँ को उसने एक काम नहीं करने दिया, सब खुद ही अपने पापा के साथ मिलकर किया। इसलिए माँ की कमजोरी भी धीरे-धीरे जाती रही और बेटे की शादी की खुशी में तो उसके शरीर में एक अलग ही प्रकार की ऊर्जा भर दी थी। यह मनोवैज्ञानिक तथ्य भी है कि अगर एक बीमार और कमजोर आदमी को उसकी चाही हुई खुशियों से मिलवा दिया जाए तो उसकी बीमारी फौरन गायब हो जाती है और शरीर एकदम तंदुरुस्त

हो जाता है। चेहरे का रंग बदल जाता है और मिजाज भी बिल्कुल ठीक हो जाता है। दीपक की माँ के साथ भी यही हुआ था। उसने तो दीपक के कॉलेज में एडमिशन के बाद से ही सपना देखा था कि जल्दी से उसकी बहू घर आए। आखिर एक ही हो बेटा था, उसकी शादी का अरमान उसकी माँ क्यों न पाले!

रामप्रवेश के दरवाजे पर मंडप सज चुका था। दीपक अपनी बारात लेकर उनके दरवाजे पर पहुँच गया। बड़ी ही धूमधाम से उसकी शादी हुई। शादी की ही रात मंडप में उसने मनोरमा को एक झलक देखा था, लेकिन उसका चेहरा पूरी तरह उसके दिल में नहीं उतर पाया। पारंपरिक विवाह यानी अरेंज मैरिज में यह अकसर होता है कि मंडप में ही दूल्हा-दुल्हन को प्यार हो जाए। लेकिन इसके लिए जरूरी यह है कि दूल्हा-दुल्हन एक-दूसरे को अच्छी तरह से देख पाएँ। दीपक और मनोरमा एक-दूसरे को अच्छी तरह से नहीं देख पाए और दोनों के दिल में एक कसक बाकी रह गई कि काश! दोनों एक-दूसरे को देख लेते।

बहरहाल, दोनों की शादी तो अच्छी तरह से हो गई, लेकिन सामाजिक परंपराओं और रीति-रिवाजों के मुताबिक दुल्हन की विदाई नहीं हुई, क्योंकि शादी के तीन साल बाद गौने का शुभ मुहूर्त पंडित ने बताया था।

दीपक के घर दुल्हन नहीं आई और कुछ दिन घर पर रहकर दीपक बुझे मन से अपनी नौकरी करने के लिए दिल्ली रवाना हो गया। एक टीस उसके दिल में बनी रह गई कि जिससे उसकी शादी हुई है, उसे सिर्फ मंडप में देखा है, वह भी घूँघट में। यानी उसने अपनी बीवी के चेहरे को अच्छी तरह से जी भरकर देखा ही नहीं। सिर्फ फोटो में देखा था उसने।

यह बात मनोरमा पर भी लागू होती है। उसके दिल में भी अरमान रहे होंगे कि जिससे उसकी शादी हो रही है, उसे वह जी भर के देख ले और अपनी आँखों में उसका चेहरा बसा ले। लेकिन घूँघट की आड़ ने उसे ऐसा करने की इजाजत ही नहीं दी। यह बात किसी भी शादीशुदा युवा के लिए किसी विडंबना से कम नहीं है। लेकिन परंपराएँ ऐसी हैं कि बिना चेहरा देखे ही शादी करनी पड़ती है।

□

5

भारत एक ऐसी वृहद परंपरावाला देश है, जहाँ एक से बढ़कर एक परंपराएँ और मान्यताएँ विद्यमान हैं। यहाँ हर क्षेत्र के अपने रीति-रिवाज हैं। फिर चाहे वे शादी की परंपराएँ-मान्यताएँ हों या फिर जन्म-मरण के बीच किसी भी संस्कार से जुड़े ढेर सारे रीति-रिवाज हों। भारतीयों की जिंदगी इन्हीं परंपराओं और मान्यताओं से होकर गुजर जाती है। हालाँकि कुछ लोगों के जीवन में कई ऐसे पड़ाव आते हैं, जब उन परंपराओं और मान्यताओं को तोड़ने की जरूरत पड़ जाती है, लेकिन बहुत से लोग इन्हें तोड़ ही नहीं पाते। उन्हीं में से एक दीपक भी था, जो अपनी शादी के बाद अपनी दुल्हन को अपने घर नहीं ले जा पाया, क्योंकि परंपरा यह थी कि गौने में ही दुल्हन की विदाई होती है।

हो सकता है कि आपको यह जानकर आश्चर्य हो कि लड़का-लड़की की शादी हो गई, लेकिन फिर भी दोनों अलग-अलग अपने-अपने घर पर रह रहे हों, लेकिन उत्तर भारत के कुछ हिस्सों में गौने की परंपरा बहुत ही जरूरी मानी जाती है। दरअसल बड़े-बुजुर्गों का यह मानना है कि शादी के बाद कुछ समय तक दूर-दूर रहने से लड़का-लड़की के बीच लगाव बढ़ जाता है। बात सही भी है, शिद्दत के इंतजार में चाहतें तेजी से जवान भी होती हैं और अपने चरम तक भी पहुँचती हैं। किसी भी रिश्ते में इंतजार की बहुत ही बड़ी भूमिका होती है। यही सोचकर शायद बुजुर्गों ने गौने की प्रथा बनाई होगी।

दीपक और मनोरमा अपने-अपने घरों में अपने-अपने काम में व्यस्त एक-दूसरे को खयालों में सोचकर ही दिन काटने लगे। मुश्किल यह थी कि मनोरमा के परिवार के रिवाज में गौना तीन साल बाद होता था। बड़ा ही

लंबा समय होता है तीन साल का। शादीशुदा लोगों के लिए इतने समय में तो कई सदियाँ ही गुजर जाएँगी। मगर अब तो इतना लंबा और बोझिल समय काटने के सिवा कोई चारा भी नहीं था दीपक के पास। हालात ऐसे बन गए थे कि शादीशुदा होकर भी समाज की रीतियों के शिकार दीपक और मनोरमा ने एक उपाय निकाला और घरवालों को मनाकर किसी तरह मोबाइल पर बात करने लगे।

एक दिन दोपहर दो बजे दीपक का मोबाइल बजा।

"हैलो! कैसे हैं?" मनोरमा ने फोन किया था।

"ठीक हैं। कौन?" दीपक ने पूछा।

"ये लीजिए, अपनी पत्नी को ही नहीं पहचान रहे आप!" मनोरमा ने फौरन ताना दिया।

"अरे, नंबर नया था और पहली बार कॉल की है, इसलिए···खैर, बताओ तुम कैसी हो?" दीपक ने पूछा।

"हम भी ठीक हैं विंध्यवासिनी की कृपा से। खाना-वाना खा लिया है?" मनोरमा ने बात को आगे बढ़ाया।

"हाँ, खा लिया। तुमने अचानक कैसे कॉल की? कोई बात है?" दीपक ने हिचकिचाते हुए पूछा।

"अब कोई बात होगी, तभी कॉल करेंगे क्या? और आपका मन नहीं करता हमसे बात करने के लिए?" मनोरमा चिढ़कर बोली।

"अरे, मेरा मतलब वह नहीं था।" दीपक ने बचाव में कहा।

"हम खूब समझते हैं आपका मतलब।" मनोरमा ने झिड़कना शुरू कर दिया।

"अरे, अरे, अरे···गुस्सा काहे हो रही हो? पहली बार बात हो रही है और इतना गुस्सा!" दीपक ने बात सँभालने की कोशिश की।

"गुस्सा काहे नहीं करें? शादी हुए छह महीने हो गए, कभी आपको हमारी याद आई?" मनोरमा सचमुच गुस्सा हो गई थी।

"अरे, मैं काम में बिजी था और जॉब···" दीपक को कोई जवाब देते नहीं बन रहा था।

"ऐसा कौन सा काम है, जो दो मिनट पत्नी से बात भी नहीं करने देता?" मनोरमा ने कहा।

"अच्छा छोड़ो। और बाकी सब बताओ, घर पर सब कैसे हैं?" दीपक ने उसके गुस्से को ठंडा करने के लिए बात बदलनी चाही।

"यहाँ सब ठीक हैं। आप ही का कुछ ठीक नहीं लग रहा है!" मनोरमा ने शक जाहिर करते हुए कहा।

"मतलब?" दीपक को कुछ समझ में नहीं आया।

"मतलब-वतलब कुछ नहीं। नंबर सेव कर लीजिए। अब हम रोज कॉल करेंगे।" मनोरमा ने कहा और फोन रख दिया।

दीपक को कुछ भी समझ में नहीं आया कि मनोरमा पहली ही बार फोन पर इस तरीके से बात क्यों कर रही थी। हालाँकि रोज मोबाइल पर बात करने की पहल मनोरमा ने कर दी थी, जिससे दीपक को अब एक नई तरह की तैयारी करनी थी, ताकि वह मनोरमा के गुस्से को सँभाल सके। उसे इतना तो अंदाजा हो ही गया था कि मनोरमा थोड़ी गुस्सेवाली है।

शादी के छह महीने तक इंतजार करने के बाद मनोरमा से नहीं रहा गया तो उसने किसी तरह से सासू माँ यानी दीपक की माँ को फोन करके हालचाल लेने के बहाने से दीपक का नंबर माँग लिया। दीपक की माँ भी चाहती ही थी कि उसके बेटे-बहू बातचीत करें, ताकि अपना दुःख-सुख एक-दूसरे से बाँट सकें।

मनोरमा ने कॉल का जाल बिछा दिया था, जिसमें फँसकर दीपक को रोज बात करनी थी। दीपक ऐसा करने से हिचकिचा रहा था कि रोज आखिर क्या बात करेगा। उसकी जिंदगी में कभी कोई ऐसा मिला ही नहीं था, जो इस कदर रोज बिना बात के भी घंटों तक बात कर सके। कॉलेज में भी उसके ग्रुप में लड़कियाँ नहीं थीं। उसका ग्रुप ही सिर्फ लड़कों का था, इसलिए उसे लड़कियों से बात करने का कोई खास तजुर्बा नहीं था, सिवाय हैलो-हाय के। इसलिए दीपक अब बस मनोरमा को फॉलो कर रहा था।

दीपक दिल्ली में अपनी नौकरी में इस कदर खोया हुआ था कि उसे रूम पर पहुँचकर किसी से बात करने की कोई इच्छा ही नहीं होती थी।

वह तो बस जल्दी से खाना बनाता था और खाकर सो जाता था। ऐसा नहीं है कि अपनी पत्नी मनोरमा से बात करने की उसकी इच्छा नहीं होती थी, लेकिन वह सोचता था कि रोज बात करने से क्या फायदा, जब उनका मिलना ही नहीं हो रहा है। वैसे भी, भले उसकी शादी मनोरमा से हुई थी, लेकिन मनोरमा को वह अच्छी तरह से नहीं जानता था। और फोन के जरिए बहुत-कुछ जान पाना मुमकिन भी नहीं होता। इसलिए बस 'हाँ-हूँ' करके काम चला लेता था।

ऐसे ही एक रात दस बजे दीपक को मनोरमा ने फोन किया, लेकिन उसका फोन बिजी जा रहा था। मनोरमा को शक हुआ कि रात के दस बजे दीपक कहाँ बिजी हो सकता है! ऐसा तो कभी नहीं होता था। फिर थोड़ी देर बाद दीपक ने कॉल बैक किया।

"हैलो! कैसे हैं?" मनोरमा ने पूछा।

"ठीक हैं, तुम बताओ, इतनी रात गए फोन किया!" दीपक ने भी सवाल कर दिया।

"हम कभी भी फोन कर सकते हैं। आप तो हालचाल लेंगे नहीं, तो हमीं न करेंगे फोन!" मनोरमा ने फिर ताना मारना शुरू कर दिया।

"अरे, हम काम में बहुत बिजी रहते हैं यार, टाइम नहीं मिलता कुछ और सोचने का।" दीपक ने वही पुराना बहाना बनाने की कोशिश की।

"काम में बिजी रहते हैं या कहीं और बिजी हैं आप? इतनी रात गए किससे बात कर रहे थे?" मनोरमा ने शक के साथ सवाल किया।

"एक क्लाइंट से बात कर रहा था। कल एक अर्जेंट प्रोजेक्ट आ रहा है, उसी बारे में कल मीटिंग है ऑफिस में।" दीपक ने समझाया।

"ये क्लाइंट-फ्लाइंट हमको नहीं पता! कहीं कोई चक्कर-वक्कर तो नहीं है न आपका?" मनोरमा ने फट से वह सवाल पूछा, जिसे वह पिछले कई महीनों से पूछना चाह रही थी।

"यह कैसी बात कर रही हो तुम? यहाँ हम अपनी जॉब को लेकर परेशान हैं और तुम उल्टी-सीधी बात कर रही हो?" दीपक झल्ला गया। उसको मनोरमा से ऐसे सवाल की उम्मीद नहीं थी।

"मैं तो बस पूछ रही हूँ।" दीपक की झल्लाहट पर मनोरमा सकपका गई। दीपक ने फोन काट दिया।

दरअसल मनोरमा के साथ अपनी कई दिक्कतें थीं। एक तो वह ग्यारहवीं में थी, तभी उसकी शादी हो गई। शादी होने के बाद उसका पढ़ने में मन ही नहीं लग रहा था और वह सोच रही थी कि ग्यारहवीं का इम्तिहान ही न दे। उसे पढ़ना बिल्कुल भी अच्छा नहीं लगता था। वहीं दूसरी बात यह थी कि उसको शक करने की एक बुरी आदत भी थी। धीरे-धीरे ऐसे ही बात बढ़ती चली गई और बात-बात में मनोरमा का शक भी बढ़ता गया। धीरे-धीरे कुछ समय बाद बात इस तरह होने लगी कि मनोरमा अब दीपक को इस बात के लिए धमकाने लगी कि वह किसी दिन दिल्ली आ जाएगी, क्योंकि उसे पक्का यकीन है कि दीपक का दिल्ली में किसी लड़की से चक्कर चल रहा है। दीपक बहुत समझाता, तब जाकर वह मानती, लेकिन फिर अगले दिन वही शक शुरू हो जाता। दीपक मनोरमा को इग्नोर भी नहीं कर सकता था। गौना होने में अभी काफी समय बाकी था और दीपक का व्यवहार ऐसा था भी नहीं कि वह किसी को भला-बुरा कहे या किसी के बारे में भला-बुरा सोचे।

अब तो रोज-रोज ही दीपक की जिंदगी का यह हिस्सा बनता जा रहा था। हद तो उस समय होने लगी, जब मनोरमा दिन में कई-कई बार फोन करने लगी। और अपने ऑफिस के काम में व्यस्त होने के कारण यदि उसकी कॉल का जवाब दीपक नहीं देता तो वह उससे कभी-कभार झगड़ा भी करने लगती थी। उसकी यह हालत देखकर उसका दोस्त घंटू उससे मजे लेने लगा था। हालाँकि दीपक उसकी इस बात का बुरा नहीं मानता था, इसलिए घंटू उसको समय-समय पर चिढ़ाने लगता था कि 'और करो बाल विवाह'।

दीपक इधर ऑफिस में मनोरमा के कॉल से परेशान रहने लगा था तो उधर दीपक की माँ फिर से कुछ बीमार रहने लगी थी। जितने दिन वह घर रहकर आया था, उतने दिन तो वह ठीक थी, लेकिन जब वह शादी के बाद वापस दिल्ली चला गया तो उसकी माँ की मनोदशा फिर से बिगड़ने लगी और इस कारण उसकी तबीयत खराब रहने लगी।

"हैलो दीपक!" दीपक के पापा ने उसे फोन किया।

"हाँ पापा, पाय लागो।" दीपक ने अभिवादन किया।

"कैसे हो बेटा? जॉब-वॉब कैसी चल रही है?" पापा ने पूछा।

"सब ठीक हैं, पापा! आप कैसे हैं और माँ कैसी है?" दीपक ने माँ के बारे में जानना चाहा।

"मैं ठीक हूँ, बेटा! तुम्हारी माँ की तबीयत ठीक नहीं हो रही है। उसकी कमजोरी बढ़ती ही जा रही है।" पापा ने बताया।

"दिल्ली में किसी डॉक्टर से बात करूँ क्या पापा?" दीपक ने पूछा।

"हाँ करो, लेकिन मुझे नहीं लगता कि तुम्हारी माँ दिल्ली जाना चाहेगी।" पापा ने बताया।

"मैं उससे कहूँगा पापा, वह मान जाएगी। उससे बात कराइए।" दीपक ने कहा।

"वह अभी सो रही है।" पापा ने बताया।

"अच्छा। मैं यहाँ डॉक्टर से बात करता हूँ, तब तक आप माँ का खयाल रखिए।" दीपक ने धीमे से कहा।

"ठीक है, बेटा! तुम भी अपना खयाल रखना।" पापा ने कहकर फोन रख दिया।

दीपक के सामने कई मुश्किलें एक साथ आ खड़ी हुई थीं। माँ तो समझ जाती थी उसकी हालत, लेकिन मनोरमा बिल्कुल भी नहीं समझ पाती थी। दीपक की नौकरी की ढेर सारी जिम्मेदारियाँ तो थीं ही, अमन श्रीवास्तव सर के सुपरविजन में काम करने का एक अच्छा-खासा जोखिम भी था। दीपक को जॉब में अपनी ड्यूटी निभाना मुश्किल होने लगा। एक तरफ पत्नी, जिसके लिए उसकी कोई फीलिंग नहीं थी, दूसरी तरफ माँ की बीमारी और नौकरी की टेंशन। कुछ मिलाकर हालात ऐसे थे कि दीपक को अपने आप को संतुलन में रख पाना बहुत ही मुश्किल होने लगा था। लेकिन उसके काम का जज्बा जरा भी कम नहीं हुआ और वह लगातार अच्छी परफॉर्मेंस दिए जा रहा था। यही वजह थी कि कैंपस सिलेक्शन के मात्र छह महीने बाद ही दीपक एक ट्रेनी मैनेजमेंट से असिस्टेंट मैनेजर बन गया था। यानी जब वह शादी करके दिल्ली लौटा था, उसके अगले महीने ही उसका प्रमोशन हो गया था। प्रमोशन

यानी सी.ई.ओ. अमन श्रीवास्तव का असिस्टेंट मैनेजर। इसलिए उसके पास जिम्मेदारियाँ कुछ ज्यादा थीं और आए दिन काम को लेकर दबाव भी बढ़ता जा रहा था।

लेकिन वक्त की बेरहमी तो अपने आप में जगजाहिर है। अभी कुछ ही महीने बीते थे कि दीपक के साथ एक बात और दुःख देनेवाली पेश आई थी। वह बात यह थी कि मार्केट में अचानक मंदी आने लगी थी और उसकी कंपनी की परफॉर्मेंस बहुत अच्छी नहीं चल रही थी, इसलिए सी.ई.ओ. अमन श्रीवास्तव खुद तो टेंशन में रहने ही लगे थे, बीच-बीच में दीपक को अपने पास बुलाकर समझाते भी रहते थे कि वह कुछ नया सोचे, जिससे कि कंपनी को बूस्टअप मिल सके। दीपक कोशिश तो कर रहा था, लेकिन मार्केट की जो हालत थी, उसका कोई भी उपाय काम नहीं कर रहा था। खैर, दीपक किसी तरह अपनी हर परेशानी को मैनेज करने की कोशिश कर रहा था।

जिंदगी सचमुच बड़ी ही जालिम होती है। इधर हर तरफ से परेशान दीपक खुद को सँभालने की कोशिश कर ही रहा था कि एक दिन अचानक खबर आई कि···

"दीपक! तेरी माँ···" दीपक के पापा बस इतना ही बोल पाए फोन पर।

"क्या हुआ माँ को पापा?" दीपक ने घबराते हुए पूछा।

"तुम घर आ जाओ, माँ बहुत सीरियस है।" दीपक के पापा ने इतना ही कहा और रोने लगे।

दीपक को समझते देर नहीं लगी कि कोई बड़ा हादसा हुआ है। उसने दिल्ली से बनारस की फ्लाइट पकड़ी और फिर वहाँ से मिर्जापुर पहुँच गया। लेकिन अफसोस, आखिरी वक्त में वह अपनी माँ से एक शब्द बात भी नहीं कर पाया, अलविदा भी नहीं कह पाया, क्योंकि जब वह रास्ते में था, तभी उसकी माँ का देहांत हो चुका था।

यह घटनाक्रम बहुत तेजी के साथ घटा। माँ की मृत्यु कैंसर की वजह से हुई थी और यह बात तब पता चली, जब दीपक घर पहुँचा। उसके पापा ने बताया कि डॉक्टर भी आखिरी स्टेज में आकर पकड़ पाए कि उसकी माँ को कैंसर था। दीपक के लिए यह बहुत बड़ा सदमा था, जिसे वह बर्दाश्त

नहीं कर पा रहा था। तकलीफें किस कदर एक के बाद एक आती रहती हैं न जिंदगी में कि आदमी के पास हर तकलीफ से लड़ने का साहस ही नहीं जुट पाता। दीपक को लगा कि जैसे उसकी दुनिया ही उजड़ गई हो। उसका अब न जॉब करने दिल्ली जाने का मन हो रहा था और न ही कुछ और करने का। बड़ी मुश्किल से तो उसके पापा ने उसे सँभाला, तब कहीं जाकर वह खुद को सँभाल पाया। अब उसके सामने कोई चारा भी नहीं था सिवाय इसके कि वह अब अपने पापा की देखभाल करे। इसके लिए उसने पापा से दिल्ली चलने का आग्रह भी किया।

"पापा, आप मेरे साथ दिल्ली चलिए। यहाँ अकेले क्या करेंगे आप?" दीपक ने सुझाव रखा।

"अरे नहीं दीपक! यहाँ पूरा खानदान है, तेरे चाचा-ताया हैं, चाची-ताई हैं, उन सबके बच्चे-बहू हैं। यहीं ठीक है। दिल्ली में तो मैं बोर हो जाऊँगा, बेटा!" दीपक के पापा ने समझाया।

"फिर भी, आप एक बार और सोच लीजिए।" दीपक ने कहा।

"अरे नहीं बेटा, तुम जाओ वापस दिल्ली और अच्छे से काम करो। और फिर यहाँ तुम्हारी माँ की यादें भी तो हैं, दिल्ली चला जाऊँगा तो इन यादों से भी वंचित रह जाऊँगा।" पापा ने कहा।

"यादें बहुत दुःख देती हैं पापा!" दीपक ने कहा।

"लेकिन भुलाई तो नहीं जा सकतीं न, बेटा!" पापा ने कहा।

अब दीपक के पास कोई जवाब नहीं था। वह चुप हो गया।

माँ की तेरहवीं के बाद दीपक वापस दिल्ली जाने की तैयारी करने लगा। अमन सर को इन्फॉर्म कर भी दिया था उसने। लेकिन उसी बीच एक और झन्नाटेदार खबर आई। खबर क्या थी, अफवाह थी, जो पड़ोसियों की पुश्तैनी जागीर हुआ करती है, जिसे वे अकसर उड़ाते रहते हैं। तो अफवाह यह थी कि मनोरमा के ऊपर मनहूस होने का टैग लगा दिया गया था। लोगों ने कहना शुरू कर दिया था कि मनोरमा अपशकुनी है और दीपक की उससे शादी होते ही दीपक की माँ चल बसी। दीपक को इस बात से गुस्सा बहुत आया कि आखिर इसमें मनोरमा का क्या दोष!

बहरहाल दीपक दिल्ली पहुँचा तो उसे एक और बुरी खबर हाथ लगी। उसकी कंपनी की हालत बहुत खराब चल रही थी और नौबत कॉस्ट कटिंग यानी छँटनी की आ गई। हालात ऐसे बने कि कंपनी के मालिक और उसके सी.ई.ओ. के बीच कहासुनी हो गई। फिर क्या था! अमन श्रीवास्तव ने सी.ई.ओ. के पद से इस्तीफा देकर एक दूसरी कंपनी जॉइन कर ली। अब कंपनी में कोई दूसरा सी.ई.ओ. आ गया था, जिसने सबसे पहले छँटनी का ही प्लान बनाया, ताकि पहले कुछ खर्चे कम हों तो प्रॉफिट के बारे में सोचा जाए। इस छँटनी का शिकार दीपक भी हुआ और उसकी जॉब चली गई। कुछ दिन तक कई कंपनियों में अप्लाई करता रहा, लेकिन कहीं कोई बात नहीं बनी। उधर मनोरमा का फोन कर-करके परेशान करना अब भी जारी था। अब तो मनोरमा सचमुच दीपक के लिए भी मनहूस हो गई थी, जिसका उसको अहसास भी नहीं था। दीपक की हालत ऐसी हो गई थी कि वह न तो पापा को बता सकता था और न ही मनोरमा को कि उसकी जॉब चली गई है।

किसी तरह से एक महीना बीता। जो सेविंग्स थीं, वे तो खत्म हो गईं। अब तो हर हाल में उसे जॉब चाहिए ही थी, लेकिन कहीं जॉब मिल ही नहीं रही थी। मार्केट की हालत इतनी खराब थी कि कंपनियाँ अपने स्टाफ की छँटनी-पर-छँटनी कर रही थीं, ऐसे में कोई जॉब कहाँ ढूँढ़े और किससे माँगे?

उधर मनोरमा का अलग बरताव था। दीपक की माँ की मृत्यु के बाद कुछ समय तक तो मनोरमा सिर्फ हालचाल लेती थी, लेकिन अब फिर से उसने शक करना शुरू कर दिया था और ताने मारने लगी थी। गौने में अभी काफी समय बचा था और दीपक शादी भी नहीं तोड़ सकता था। हालाँकि दीपक के मन में इसका खयाल आता था, जब मनोरमा उसे कॉल करके ताने मारती थी। लेकिन वह सब्र करके रह जाता था। उसके माँ-बाप ने मनोरमा को पसंद किया था, इसलिए वह जैसे-तैसे उस रिश्ते को निभाना चाहता था। दूसरी बात यह भी थी कि हिंदू धर्म में तलाक जैसी व्यवस्था नहीं थी, इसलिए शादी तोड़ पाना एक नामुमकिन-सी चीज थी। दीपक के पास अब सिवाय मनोरमा को समझने और समझाने के कोई दूसरा चारा ही नहीं था।

एक दिन मनोरमा ने ज्यादा कुरेदकर पूछा तो गुस्से में दीपक ने कह

दिया कि हाँ, दिल्ली में उसकी गर्लफ्रेंड है। अब भले ही गाँव की कोई भी कम पढ़ी-लिखी लड़की हो, लेकिन वह भी गर्लफ्रेंड का मतलब समझती है। मनोरमा रोने लगी और दीपक और उसकी गर्लफ्रेंड को न जाने क्या-क्या कहकर कोसने लगी। उसका कोसना सुनकर दीपक गुस्से में भी हँसने लगा और हँसते-हँसते फोन काट दिया।

"बाबूजी, हम दिल्ली जाएँगे।" मनोरमा ने अपने पिता से कहा। उसकी आँखों में आँसू के कुछ कतरे अब भी दिख रहे थे।

"क्या हुआ मनोरमा, तू ऐसे क्यों कह रही है ? अभी तेरा गौना नहीं हुआ है।" पिता ने कहा।

"हमको शक है कि उनका दिल्ली में कुछ चक्कर-वक्कर है। वे सीधे मुँह बात नहीं कर रहे आजकल।" मनोरमा ने दीपक की शिकायत अपने पिता से कर दी।

"अच्छा, ई बात है। तो लाओ उसका नंबर दो, हम बात करते हैं।" पिता ने मनोरमा से दीपक का नंबर ले लिया।

फिर दीपक के जीवन में एक और मुसीबत शुरू हो गई। अब तक तो मनोरमा फोन करके शक करती थी और अब उसके पिता भी उसे फोन करके पूछने लगे। दीपक समझने में नाकाम हो रहा था कि बेटी बाप पर गई है या बाप अपनी बेटी पर। एक दिन तो टेंशन इतनी बढ़ गई, जब मनोरमा के पिता ने दीपक से मिलने दिल्ली आने के लिए कहा। खैर, किसी तरह से समझा-बुझाकर दीपक ने उनको शांत तो कर दिया, लेकिन वह डर गया कि कहीं वे किसी से अता-पता लेकर धमक गए तो ? क्योंकि उसके दोस्त के भाई यानी बल्लू भइया को तो उस क्षेत्र में सभी जानते थे। क्या पता उन्हीं के जरिए वे दीपक से मिलने दिल्ली चले आएँ! या कहीं वे उसके पापा से ये सब जाकर पूछने लगे तो ? फिर तो पापा की नजर में भी वह बुरी तरह से गिर जाएगा! इसी कशमकश में दीपक ने तय किया कि अब अमन सर ही उसकी नइया पार लगाएँगे।

अगले दिन दीपक ने अमन सर को फोन किया।

"गुड मॉर्निंग सर!" दीपक ने अभिवादन किया।

"वेरी गुड मॉर्निंग दीपक, कैसे हो?" अमन श्रीवास्तव ने पूछा।

"मैं ठीक हूँ, सर! आपके कंपनी छोड़ने के बाद यहाँ नए मैनेजमेंट ने काफी लोगों की छँटनी कर दी। उसका शिकार मैं भी हो गया।" दीपक ने बुझे मन से बताया।

"ओह···मुझे लगा कि तुम्हारी पोजीशन वहाँ ठीक रहेगी। आखिर तुम्हें ट्रेंड जो मैंने किया था। खैर, कल तुम मेरे ऑफिस आ जाओ। पता मैं मैसेज कर देता हूँ।" अमन सर ने यह कहकर फोन रख दिया।

दीपक के चेहरे पर एक खुशी तैर गई। हालाँकि वह श्योर नहीं था कि उसे जॉब मिल ही जाएगी, लेकिन वह अमन सर को जानता था। अगर उन्हें दीपक से उम्मीद नहीं होती तो वे कभी ऑफिस नहीं बुलाते।

अगले दिन दीपक एकदम समय पर अमन सर के ऑफिस पहुँच गया। लेकिन इत्तेफाक यह हुआ कि हमेशा अपने समय पर आनेवाले अमन श्रीवास्तव उस दिन खुद दो घंटे देरी से ऑफिस आए। आते ही उन्होंने दीपक को अपने केबिन में बुलाया और उन्होंने उसकी सारी बात सुनी। दीपक ने अपनी जॉब जाने से लेकर मनोरमा से शादी और फिर उसके ताने तक के बारे में सब बता दिया। अमन श्रीवास्तव ने दीपक की बात को न केवल गौर से सुना ही, बल्कि उसकी हालत को देखते-समझते हुए उन्होंने अगले ही दिन ऑफिस जॉइन करने के लिए भी बोल दिया और प्यून को बुलाने के लिए बेल दबा दी। जब तक प्यून आया, तब तक उन्होंने अपने कंप्यूटर से एक प्रिंटआउट भी निकाल लिया। प्यून को वह प्रिंटआउट पकड़ाते हुए उससे उन्होंने कहा कि एच.आर. डिपार्टमेंट में जाकर दे दे और दीपक को भी प्यून के साथ ही जाने के लिए कह दिया। हालाँकि अमन सर ताना मारना नहीं भूले कि अपनी शादी में उसने बुलाया क्यों नहीं? दीपक इस ताने के जवाब में बस मुस्करा भर दिया।

दूसरे दिन जब दीपक ने अमन श्रीवास्तव के नए ऑफिस को जॉइन किया तो एक अजीब घटना घटी। अपने काम को रिपोर्ट करने के लिए लंच के बाद दीपक जब अमन सर के केबिन में पहुँचा तो रिपोर्ट देखते हुए अमन ने दीपक से कहा, "दीपक, कैंपस सिलेक्शन के दौरान और फिर भारत इंडस्ट्रीज

में काम करने के दौरान तुम्हारा टेंपरामेंट जबरदस्त था। लेकिन आज की रिपोर्ट देखकर मुझे वह टेंपरामेंट कहीं नजर नहीं आ रहा है।"

"सॉरी सर, आज पहला दिन है शायद इसलिए…" दीपक ने कहना चाहा तो अमन सर ने उसे रोक दिया।

"पहले दिन तो दोगुनी ताकत से काम करना चाहिए, ताकि फर्स्ट इंप्रेशन अच्छा बन सके। एम आई राइट?" अमन सर ने कहा।

"यस सर, यू आर राइट।" दीपक के पास कोई और जवाब नहीं था।

"यू नो दीपक, मैंने यह जॉब तुम्हें इसलिए नहीं दी कि मुझे या मेरी कंपनी को तुम्हारी जरूरत है। मैं बस यह चाहता था कि तुम्हारी पत्नी के मनहूस होने का टैग तुम्हारे दिमाग से हट जाए, इसलिए तुम्हें बुला लिया। अब जाओ, आगे से ध्यान रखना कि रिपोर्ट अच्छी आए।" अमन सर ने कहा तो दीपक का मुँह एकदम से फक्क पड़ गया।

अमन सर की यह बात दीपक के दिमाग में मनोरमा के तानों से ज्यादा गहरे तक चुभी। उसे यह बात अच्छी नहीं लगी कि कोई उसकी पत्नी के मनहूस होने का टैग हटाने के लिए उसे जॉब दे, जबकि वह उस जॉब के लिए बहुत काबिल था। दीपक को बुरा लगा कि अमन सर को इस तरह उसके साथ नहीं करना चाहिए था। उसे यह बात उसकी काबिलियत पर शक करने जैसी लगी। वह सोचने लगा कि अगर कंपनी में जगह नहीं थी तो अमन सर उसे न ही बुलाते तो बेहतर होता। यह क्या कि बुला लिया और जॉब देकर पहले ही दिन ऐसी दिल पर लगनेवाली बात कह दी। लेकिन फिर उसी पल एक और खयाल उसके दिमाग के किसी कोने में दस्तक देने लगा—वह यह कि मनोरमा पर अगर अपशकुनी होने का कलंक नहीं लगाया गया होता तो इस भारी मंदी के बीच उसको यह जॉब नहीं मिलती। इसका मतलब साफ था कि मनोरमा अपशकुनी नहीं थी। क्योंकि अगर वह होती तो उसे यह जॉब बिल्कुल भी नहीं मिलती। यही सोचकर उसने अमन सर का मन से शुक्रिया किया और बेहतर काम करके दिखाने के लिए कमर कस ली।

दीपक अगले दिन से अपने काम में इस कदर व्यस्त हो गया कि उसे खुद भी पता नहीं चल पा रहा था कि वह क्या कर रहा है। कुल मिलाकर

उसके काम की जिंदगी एक बार फिर पटरी पर आने लगी थी और वह मशीन की तरह काम करने लगा था, ताकि वर्क रिपोर्ट अच्छी बन सके। वहीं दूसरी ओर मनोरमा का फोन टॉर्चर पहले की तरह ही जारी था। हाँ, फर्क बस इतना ही था कि अब दीपक चुपचाप मनोरमा को सुनने लगा था। कभी-कभार किसी बात पर गुस्सा आता तो वह उससे झगड़ा भी कर लेता, लेकिन ज्यादातर समय वह उसकी बातों को सुनता रहता और 'हाँ-हूँ' कहते हुए इग्नोर करता रहता।

उस कंपनी में दीपक की ही उम्र का एक लड़का काम करता था—उसका नाम था घनश्याम। कुछ ही दिन में दीपक की घनश्याम से दोस्ती हो गई। अमन सर ने देखा कि इन दोनों की गहरी छन रही है तो उन्होंने सारे प्रोजेक्ट में दोनों को एक साथ काम करने के लिए लगा दिया। इसका नतीजा यह हुआ कि घनश्याम और दीपक की जोड़ी ने हर प्रोजेक्ट को शानदार तरीके से डील किया और तरक्की की सीढ़ियाँ चढ़ने लगे। लेकिन घनश्याम की एक बुरी आदत थी, वह हर बात के लिए दीपक के मोबाइल की घंटी बजाता रहता था। यहाँ तक कि अगर दोनों कंपनी में अपने-अपने केबिन में बैठे रहते थे और जब घनश्याम को बाथरूम जाने की जरूरत होती थी तो वह दीपक को फोन लगाकर साथ चलने के लिए कहता था। एक दिन ऐसे ही दीपक किसी काम में बिजी था, लेकिन घनश्याम बार-बार कॉल किए ही जा रहा था। कई बार के बाद जब दीपक ने फोन उठाया तो घनश्याम ने कहा कि उसे जोर की आई है। फिर क्या था दीपक बाथरूम तो गया, लेकिन उसने वहाँ घनश्याम का नाम 'घंटू' रख दिया। पहले तो घनश्याम अपने इस नए नाम को सुनकर गुस्सा हुआ, लेकिन कुछ दिनों के बाद उसने इस नाम को स्वीकार कर लिया, क्योंकि दीपक तो अब उसे घनश्याम कहने से रहा। दीपक और घंटू की दोस्ती इतनी गहरी हो गई कि दोनों एक ही रूम में साथ रहने लगे। एक साथ ऑफिस आने-जाने लगे। एक साथ मस्तियाँ करने लगे और एक साथ फिल्में देखने लगे।

तीन-चार महीने गुजर गए थे अमन सर के साथ दीपक और घंटू को काम करते हुए। उनकी वर्क रिपोर्ट से अमन सर अब खुश होने लगे थे और

नए-नए प्रोजेक्ट में उनकी बड़ी जिम्मेदारी भी तय करने लगे थे। दीपक ने मनोरमा की बातों से दिमाग हटाने के लिए पूरी तरह से काम में खुद को झोंक दिया था और इसका उसे फायदा भी दिख रहा था। अमन सर ने दोनों के प्रमोशन की बात कह दी थी और जल्दी ही उन्हें एक बड़ी जिम्मेदारी सँभालने के लिए तैयार रहने को बोल भी दिया था।

लेकिन कहते हैं न कि जब सबकुछ ठीक चल रहा हो, तभी कोई ऐसी घटना घट ही जाती है, जो अच्छी-भली जिंदगी को मुश्किलों में डाल देती है। दीपक की खुशहाल जिंदगी भी कभी-कभी ऐसे ही मुश्किल भरे ब्रेकर को झेलती आ रही थी। अब एक नई मुसीबत उसके सामने आनेवाली थी। करीब छह महीने गुजर चुके थे दीपक को अमन सर की नई कंपनी में काम करते हुए। उसे लग रहा था कि अब सबकुछ ठीक हो जाएगा। लेकिन तभी एक झटका उसको लगा।

एक दिन अमन सर ने उसे अपने केबिन में बुलाया।

"दीपक, तुम्हें जो बड़ी जिम्मेदारी दी गई है, उसे तुम अच्छी तरह से निभाना। मुझे यकीन है कि तुम जरूर कामयाब होगे।" अमन श्रीवास्तव ने कहा। उनका चेहरा उनके लैपटॉप पर था, मगर उनकी जुबान दीपक से बात कर रही थी।

"सर, आप ऐसा क्यों कह रहे हैं?" दीपक को कुछ समझ नहीं आया तो उसने पूछ लिया।

"ऐसा इसलिए कह रहा हूँ, क्योंकि आज इस कंपनी में मेरा आखिरी दिन है। टुडे इज माय लास्ट डे इन दिस कंपनी। और यह बात मैं सिर्फ तुमसे बता रहा हूँ।" अमन सर ने लैपटॉप पर नजर गड़ाए ही जवाब दिया।

"व्हाट, सर! दिस इज नॉट फेयर!" दीपक को अमन सर की बात पर यकीन ही नहीं हुआ। वह चौंक पड़ा और अपनी चेयर से खड़ा हो गया।

"बैठ जाओ। इतनी शॉकिंग भी न्यूज नहीं यार, दीपक!" इतना कहा और दीपक की ओर देखने लगे।

"पर मेरे लिए तो यह शॉकिंग है, सर!" दीपक ने धीरे से बैठते हुए कहा।

"तब तो यह भी तुम्हें शॉकिंग लगेगा कि मैं न केवल यह कंपनी छोड़

रहा हूँ बल्कि यह शहर भी छोड़कर जा रहा हूँ।" अमन सर ने लैपटॉप बंद करते हुए कहा।

"लेकिन सर, ये सब अचानक···" दीपक को कुछ समझ में नहीं आ रहा था।

"एक बात याद रखना दीपक, कोई भी चीज अचानक नहीं होती। उससे पहले बहुत से हालात क्रिएट हो चुके होते हैं, जिनसे होकर हम जिंदगी में ऐसे फैसलों को लेने के लिए मजबूर हो जाते हैं।" अमन सर ने कहा और चेयर से अपना कोट उठाकर पहनने लगे।

"सर, अब आप कहाँ जाएँगे?" दीपक ने जानना चाहा।

"देखते हैं, जिंदगी कहाँ लेकर जाती है। बाय द वे··तुम अपना काम ठीक से करते रहोगे तो तुम्हारी जॉब यहाँ चलती रहेगी। मैंने कंपनी ओनर को बोल दिया है तुम्हारे बारे में। ऑल दि बेस्ट दीपक!" इतना कहकर उन्होंने अपने लैपटॉप का बैग उठाया और केबिन से तेजी से निकल गए।

दीपक को इतना भी वक्त नहीं मिला कि जाते-जाते वे उनके ऑल दि बेस्ट पर उनको थैंक्स ही बोल सके। अमन सर तेजी से ऑफिस से बाहर निकल गए, जिन्हें जाते हुए कंपनी का हर एक स्टाफ चुपचाप देखता रहा।

उस दिन के बाद से दीपक का अमन सर से कॉण्टेक्ट लगभग खत्म ही हो गया था, क्योंकि उन्होंने अपना कॉण्टेक्ट नंबर किसी को शेयर नहीं किया था। कंपनी में रहते वक्त जिस नंबर का वे इस्तेमाल करते थे, वहाँ से जाने के बाद वह नंबर स्विच ऑफ बताने लगा था। मैं अकसर ही उस नंबर पर उन्हें फोन करके बात करने की कोशिश करता था, लेकिन वह नंबर कभी ऑन मिला ही नहीं।

अमन सर के जाने के बाद कंपनी में दीपक और घनश्याम की मुश्किलें बढ़ने लगीं। काम का दबाव होता तो वे झेल लेते, लेकिन दबाव ऊपर से था कि अमन सर के जाने के बाद उनकी पूरी टीम को ही हटा दिया जाए। और ऐसा ही हुआ। नए आए सी.ई.ओ. ने अपनी टीम को रिप्लेस कर दिया और दूसरी बार दीपक को अपनी जॉब से हाथ धोना पड़ा। क्या ही इत्तेफाक था कि दोनों बार अमन सर ने उसे जॉब दी थी और दोनों बार अमन सर के जाने से

ही उसकी जॉब भी चली गई थी। लेकिन अब तो अमन सर किसी कंपनी में भी नहीं गए थे, बल्कि गुमनामी की दुनिया में कहीं खो गए थे। इसलिए दीपक और घंटू ने दिल मजबूत करके कुछ कंपनियों में अपना बायोडाटा भेज दिया। दीपक की प्रोफाइल को देखते हुए कनॉट प्लेस की न्यूलाइन इंफोटेक कंपनी में असिस्टेंट मैनेजर की पोस्ट ऑफर हुई तो उसने तुरंत जॉइन कर ली। इस पोस्ट पर जॉइन करते ही दीपक ने कार ले ली, ताकि कंपनियों के क्लाइंट से मीटिंग वगैरह में जाने के लिए उन पर इंप्रेशन ज्यादा बने।

कुछ समय बाद घंटू को भी बाराखंबा के पास स्पैक्र इंडिया लिमिटेड कंपनी में सीनियर एक्जीक्यूटिव की जॉब मिल गई। घंटू ने भी फौरन एक बाइक ले ली और दोनों नई जॉब पाकर अच्छी तरह काम करने लगे।

इसी बीच घंटू ने दीपक से पार्टनरशिप तोड़कर अपना सेपरेट किराए का घर लेने का प्लान बनाया और दीपक को इसके बारे में बता भी दिया। दीपक ने फौरन 'हाँ' कर दी, क्योंकि अब दोनों दो कंपनियों में काम करते थे और दोनों के काम करने के तरीके में काफी अंतर था। दोनों की पोस्ट भी अलग थी। दोनों ने हँसी-खुशी एक-दूसरे से अलग रहने का फैसला किया था। दूसरी बात यह थी कि अब दीपक का गौना होने का समय भी नजदीक आ रहा था और घंटू तो इस बात से पूरी तरह से वाकिफ था ही। इसलिए घंटू ने सोचा कि पहले ही उससे अलग रूम ले लिया जाए, ताकि दीपक को अपनी प्राइवेसी मिल सके और जब गौने के बाद उसकी भाभी यानी मनोरमा दिल्ली आने के लिए तैयार हो तो दीपक को यह न कहना पड़े कि घंटू, अब तुम अलग रूम ले लो।

अच्छे दोस्तों की यही तो खासियत होती है कि वे बिना बताए भी दोस्त की समस्याओं को समझ जाते हैं। दीपक और घंटू एक-दूसरे को बहुत अच्छी तरह से समझते थे, इसलिए हमेशा एक-दूसरे के जज्बात का खयाल रखते थे और एक-दूसरे का सपोर्ट भी करते थे।

□

6

दीपक अब अपनी पुरानी यादों से बाहर आ चुका था। बीते दो साल तक अमन सर किस शहर में रहे और किस कंपनी को बनाया-सँभाला, उसे कुछ भी मालूम नहीं था। यह कहना ज्यादा उचित होगा कि किसी को भी यह बात मालूम नहीं थी कि अमन सर ने इन सालों में क्या-कुछ किया होगा। अमन सर एक सख्त मिजाज और अपने काम को लेकर जुनूनी होने के साथ ही अपने वादों के बड़े पक्के भी थे। दीपक इस बात को जानता था।

अब दीपक के सामने व्हीलचेयर पर बैठे अमन श्रीवास्तव की तस्वीर थी। दीपक के अंदर बेचैनी बढ़ रही थी यह जानने की कि आखिर अमन श्रीवास्तव को हुआ क्या था? महज दो साल बाद ही तो उन्हें वह देख रहा था और ऐसा लग रहा था कि आदमी तो वही है, बस लिबास बदल गया है। इतने दिलफरेब और एनर्जेटिक आदमी को व्हीलचेयर पर पहुँचाने के लिए कौन जिम्मेदार हो सकता था? क्या कोई बड़ी बीमारी थी या उनके पैर में लकवा मार गया था? कैसा तो उनका ठसकवाला अंदाज, काम को लेकर हमेशा जुनून में रहनेवाला मिजाज और उनका जिद्दी चेहरा एकदम से बिगड़ गया था।

सुबह से दीपक के साथ जो कुछ हो रहा था, वह सब उसके लिए न केवल अनहोनी की तरह था, बल्कि इसमें उसे कुछ अलहदा-सा भी नजर आने लगा था। अनहोनियों में भी संयोग अकसर किसी नई चीज को जन्म देता है, जिसकी कल्पना इनसान कभी नहीं कर पाता। दीपक अनहोनियों से घिरता तो जा रहा था, लेकिन उसे कहीं कुछ अलग होते हुए भी दिख रहा था। दीपक को लगा कि उसे जाकर उस महिला से बात करनी चाहिए, जो

अमन श्रीवास्तव की गाड़ी ड्राइव करके आई थी और अब व्हीलचेयर के साथ पीछे–पीछे भागी जा रही थी। लेकिन दीपक को इस बात की हिचक हो रही थी कि अमन को अभी बेड नहीं मिला था। दीपक ने सोचा कि जब वह महिला विभाग से बाहर आएगी, तब वह उससे बात करेगा।

बेचैनी के मारे दीपक का हलक सूख रहा था। मौसम तो काफी खुशगवार था, लेकिन उसकी शर्ट के भीतर झुरझुरी हो रही थी, जैसे उसके पसीने से उसकी बनियान भीगकर उसे परेशान कर रही हो। लेकिन अभी उसे अपनी परवाह कहाँ थी, उसे तो बस अमन श्रीवास्तव से मिलने की जल्दी थी और सबकुछ जान लेने की उत्सुकता थी। इसी बेचैनी में उसने रिसेप्शन के पास लगे फिल्टर वाटर मशीन के पास जाकर एक गिलास पानी लिया और वहीं बेंच पर बैठकर पीने लगा।

अभी वह पानी पी ही रहा था कि तभी वह औरत आती हुई दिखी, जो अमन श्रीवास्तव के साथ थी। रिसेप्शन पर आकर उसने रिसेप्शनिस्ट से बातचीत शुरू कर दी।

"गुड मॉर्निंग यंग लेडी!" उस औरत ने कहा।

"गुड मॉर्निंग मैम!" रिसेप्शनिस्ट ने जवाब दिया।

"डॉ. खन्ना ने कहा है कि रिसेप्शन से पेशेंट की फाइल तैयार करवा लो।" औरत ने कहा।

"जी मैम, मैं अभी फाइल तैयार कर देती हूँ।" यह कहकर कंप्यूटर में कोई फाइल खोलकर कुछ टाइप करने लगी।

"मैम, पेशेंट का नाम प्लीज!" रिसेप्शनिस्ट ने पूछा।

"अमन श्रीवास्तव!" औरत ने बताया।

"और आपका नाम, मैम!" रिसेप्शनिस्ट ने फिर पूछा और कंप्यूटर में कुछ टाइप करने लगी।

"सलोमी श्रीवास्तव, उनकी वाइफ!" औरत ने बताया।

"लीजिए मैम, आपकी फाइल। इसके साथ डॉ. खन्ना की एक स्लिप भी है। इसे एकाउंट डिपार्टमेंट में देकर बात कर लीजिए।" रिसेप्शनिस्ट ने फाइल देते हुए समझाया।

"थैंक्यू यंग लेडी!" सलोमी ने कहा और वहाँ से तेजी से एकाउंट डिपार्टमेंट की ओर जाने लगी।

सलोमी के पैर घबराहट में आगे बढ़ तो रहे थे, लेकिन उसके चेहरे से यह साफ था कि वह हर काम को आसानी से करने में माहिर थी, लेकिन जल्दबाजी में काम अकसर खराब होने ही लगता है। जल्दीबाजी में अपने कंधे का बैग सँभालने के चक्कर में फाइल नीचे गिर पड़ी। दीपक पास में ही था तो उसने फौरन फाइल उठाकर सलोमी के हाथ में पकड़ा दी।

"थैंक्यू यंगमैन!" सलोमी ने फाइल लेते हुए कहा।

"वेलकम मैम!" दीपक ने कहा। सलोमी थोड़ी ही आगे बढ़ी होगी कि दीपक लपककर उसके पास पहुँचा।

"एक्सक्यूज मी, मैम!" दीपक ने कहा तो सलोमी रुक गई।

"यस यंगमैन!" सलोमी ने कहा।

"मैम, मेरा नाम दीपक है। मैंने अमन सर के साथ काम किया था। इनफैक्ट मेरा कैंपस सिलेक्शन उन्होंने ही किया था भारत इंडस्ट्रीज के लिए, पहली बार। ही इज सच अ डायनामिक पर्सनैलिटी।"

"यस यंगमैन, ही इज डायनामिक, दैट्स व्हाई आई फेल्ट इन लव विद हिम। बट ही इज सफरिंग फ्रॉम पेन। पैरालिसिस अटैक आया है उन्हें।" सलोमी ने एक बनावटी मुसकान के साथ कहा।

"यस आई सी, मैम!" दीपक कुछ और कहना चाहता था, लेकिन तब तक सलोमी ने उसकी बात पूरी नहीं होने दी।

"वो अभी इमरजेंसी में हैं। डॉ. खन्ना उनके दोस्त हैं, वही देख रहे हैं।" सलोमी ने बताया।

"ओह···मे आई-सी हिम ?" दीपक ने पूछा।

"नॉट येट, दीपक! अभी नहीं, डॉ. खन्ना ने किसी को भीतर जाने से मना किया है, क्योंकि अमन किसी को देखकर अजीब तरह से बिहेव कर रहे हैं। इसलिए उन्हें अभी डॉक्टर के सुपरविजन में रखा जाएगा शाम तक। हो सके तो तुम शाम को आ जाना।"

"यस मैम, श्योर! मैम, मेरा कॅरियर बनाने में अमन सर का बहुत बड़ा

रोल रहा है। आज मैं जो कुछ भी हूँ, उनके साथ काम करके ही सबकुछ सीखा हूँ। मुझे अच्छा लगेगा, अगर उनके किसी काम आ सकूँ तो…" दीपक कहते-कहते चुप हो गया। मायूसी उसके चेहरे पर उभर आई थी।

"डोंट वरी दीपक, ही इज फाइटर। ही विल स्टैंड अप सून ऑन हिज फीट।" सलोमी ने मुस्कराते हुए कहा।

"यस मैम, आई एम ऑल्सो श्योर, ही विल। मैम, अपना नंबर दे दीजिए। मैं आपको कॉल करके सर का हालचाल जानता रहूँगा। यहाँ आने से पहले एक बार कॉल करके पूछ लूँगा आपसे, अगर कुछ जरूरी चीज लानी हो तो आप बता देना।"

"सो नाइस ऑफ यू दीपक! प्लीज हैव माय नंबर एंड गिव मी योर नंबर ऑल्सो।" सलोमी ने मुस्कराते हुए कहा।

दोनों ने एक-दूसरे का नंबर अपने-अपने मोबाइल में सेव किया और एक-दूसरे से विदा ली। सलोमी इमरजेंसी वार्ड की तरफ बढ़ गई और दीपक हड्डी विभाग में घंटू से मिलने चला गया।

सलोमी से बात करते हुए दीपक को ऐसा कहीं नहीं लगा कि उससे पहली बार मिल रहा था। ऐसा लगा, जैसे बरसों से दोनों एक-दूसरे को जानते रहे हों। सलोमी का हर बात पर स्पष्ट विचार और दुःख की उस हालत में भी मुस्कराते हुए बात करना दीपक के लिए किसी अचंभे से कम नहीं था। हालाँकि वह जानता था कि हमेशा पॉजिटिव सोच रखनेवाले लोग दुःख की किसी भी घड़ी में जरा भी नहीं घबराते हैं।

दोपहर का एक बजने को था। लंच आवर चल रहा था और दीपक के सारे कलीग्स कैफेटेरिया में बैठे लंच कर रहे थे।

दीपक अभी ऑफिस पहुँचा ही था कि सलोमी की कॉल आ गई। दरअसल वह कंफर्म करना चाहती थी कि आज शाम वह हॉस्पिटल आ रहा है या नहीं? दीपक हॉस्पिटल जाने की हामी भरकर अपना लैपटॉप ऑन करने लगा। तभी वहाँ प्यून कॉफी लेकर आया।

"दीपक सर, साहब आपको बुला रहे हैं।" कॉफी रखते हुए प्यून ने कहा।

"ठीक है।" इतना कहकर वह कॉफी पीने लगा। वह फौरन बॉस के केबिन में नहीं जाना चाहता था। उसे इस बात का अंदाजा था कि बॉस फिर डाँटेगा, इसलिए डाँट सुनने से पहले उसे कुछ सुकून चाहिए था।

कॉफी पीने के बाद उसे थोड़ा सुकून मिला। अब वह बॉस से मिलने के लिए पूरी तरह तैयार था। धीरे से वह उठा और अपने सारे सहकर्मियों को एक नजर भर के देखते हुए हौले-हौले से बॉस के केबिन में पहुँचा।

"आइए दीपकजी, आइए। आजकल ऑफिस में नहीं दिखते हैं आप! क्या बात है? कहीं कोई नया काम पकड़ लिया है या कोई और बात है?"

"ऐसा नहीं है, सर! वो मेरे दोस्त का एक्सीडेंट हो गया है, हॉस्पिटल में एडमिट है, उसी से मिलने चला गया था।" दीपक ने सुकून भरी एक मुस्कराहट के साथ कहा।

"ओह! अब कैसी तबीयत है तुम्हारे दोस्त की?"

"उसके बाएँ हाथ में प्लास्टर लगा है, दो-तीन दिन में डिस्चार्ज हो जाएगा।" दीपक ने बताया।

दीपक ने घंटू के एक्सीडेंट की बात तो बताई, लेकिन उसके जेहन में अब भी व्हीलचेयर पर बैठे हुए अमन श्रीवास्तव के उदास चेहरे की तस्वीर उभर रही थी।

"अब तो तुम्हारा दो-चार दिन हॉस्पिटल में ही चला जाएगा। आखिर दोस्त जो एडमिट है। तो फिर बाकी जो पेंडिंग काम बचे हैं, उनका क्या होगा?" बॉस के चेहरे पर सवाल के साथ ताना भी उभर आया था।

"एक भी काम नहीं रुकेगा सर, सब पूरा कर दूँगा। हाँ, अगर ऑफिस में नहीं हो सका तो घर से भी काम पूरा करने की कोशिश करूँगा। काम तो पूरा होने से मतलब है, चाहे कहीं से भी हो।" दीपक ने कहा।

"हाँ, लेकिन हमारा काम ऑफिस में रहकर ही ज्यादा होता है। यू नो बेटर दैट आवर वर्क इज क्लाइंट बेस्ड? अगर क्लाइंट विजिट पर जाना पड़ जाए तो फिर कैसे होगा काम पूरा?" बॉस ने लगभग डाँटते हुए कहा। दीपक इस बात के लिए तैयार भी था।

"सर, आई विल मैनेज ऑल दिस शिट डेफिनेटली। डोंट वरी।" दीपक ने कहा।

"ठीक है फिर तो···गो एंड डन ऑल पेंडिंग वर्क। आई विल नॉट लिसेन एनी एक्सक्यूज।" बॉस ने चेताते हुए कहा।

दीपक के चेहरे पर झल्लाहट उभर आई थी। खैर, वह अपने केबिन में जाकर बैठ गया और लैपटॉप पर चल रहे प्रोजेक्ट के बारे में देखने लगा कि किसमें कितना काम बाकी रह गया था और किस क्लाइंट की क्या रिक्वायरमेंट अभी पूरी होनी बाकी थी। उसका लंच का डिब्बा बैग में रखा रह गया था। उसे भूख भी नहीं लगी थी, क्योंकि अनहोनियों के बाद बॉस की डाँट ने ऐसा मिजाज बना दिया था कि भूख का न लगना स्वाभाविक ही था।

तभी दीपक का मोबाइल बजा। सलोमी की कॉल थी।

"हैलो मैम! बताइए।" दीपक ने कॉल रिसीव करके कहा।

"दीपक, तुम शाम को कब तक आओगे?" सलोमी ने पूछा।

"आप जब कहें। मेरा ऑफिस पास में ही है, आ जाऊँगा।" दीपक ने कहा।

दीपक ने ऐसे कहा, जैसे वह फौरन जाने के लिए तैयार ही बैठा था। दरअसल वह यह सोचकर अस्पताल जाना चाहता था, ताकि वह अपने अमन सर की कुछ सेवा कर सके। उसकी जिंदगी में अब तक जो कुछ भी हासिल था, वह सब अमन सर की वजह से था। चाहे वह नौकरी की बात हो या फिर काम करने के अनुभवों की बात। इसलिए उसने सोचा कि अगर वह अमन सर के लिए कुछ कर पाता है तो इससे उसके दिल को बहुत खुशी मिलेगी।

"नहीं, ऐसी कोई खास जरूरत अभी नहीं है। लेकिन जब तुम आओगे, तब मैं घर जाऊँगी, ताकि घर से कुछ सामान ला सकूँ। क्या मालूम यहाँ कब तक रहना पड़े।" सलोमी ने कहा।

"हाँ, यह तो है। ठीक है मैम, छह बजे तक ऑफिस का सारा काम निपटाकर मैं सात बजे तक हॉस्पिटल आ जाऊँगा।" दीपक ने कहा।

"ओके यंगमैन! आई विल वेट ऑफ यू।" सलोमी ने हँसते हुए कहा और कॉल डिस्कनेक्ट कर दी।

दीपक के चेहरे पर एक अजीब तरह की खुशी उभर आई कि अब उसे अमन सर की सेवा का मौका मिलेगा। हालाँकि उसे शाम को घंटू से मिलने तो जाना ही था, फिर भी अमन सर की सेवा करके उसे जो आत्मिक खुशी मिलेगी, वह उसके लिए एक तरह से अमन श्रीवास्तव द्वारा दी गई मार्केटिंग शिक्षा की गुरु-दक्षिणा सरीखी होगी।

इनसान की जिंदगी में ऐसे लम्हे आते हैं, जब उसे किसी को गुरु-दक्षिणा देने का भी समय नहीं मिल पाता है। दीपक के दिमाग में पिछले दो-तीन सालों की एक फिल्म घूम गई, जिसमें वह इतना व्यस्त हो गया था कि वह अमन श्रीवास्तव से कभी मिलने तक का वक्त नहीं निकाल पाया था। उसे इस बात का दुःख भी हो रहा था, इसलिए अपने दुःख को कम करने के लिए वह अमन सर की सेवा करना चाहता था।

शाम के सात बजने में कुछ ही मिनट बाकी थे, जब दीपक हॉस्पिटल पहुँचा। अमन श्रीवास्तव को एक बेहद प्राइवेट रूम में शिफ्ट कर दिया गया था। हॉस्पिटल तो हर तरह की सुविधाओं से लैस था, लेकिन उसमें कुछ प्राइवेट रूम ऐसे भी थे, जहाँ हाईक्लास लोगों का इलाज होता था। और अमन श्रीवास्तव तो बड़ी कंपनियों को चलाते थे और भारत इंडस्ट्रीज के साथ ही कई कंपनियों में बोर्ड मेंबर भी थे और कई कंपनियों के एडवाइजरी पैनल में भी शामिल थे। उनकी काबिलियत ही ऐसी थी कि उन्हें दिल्ली की हर कंपनी अपना सी.ई.ओ. बनाने के लिए तैयार रहती थी। लेकिन चूँकि वे अपनी शर्तों पर ही काम करते थे, इसलिए जो कंपनी उनकी शर्तों को स्वीकार करती थी, उसके साथ बोर्ड मेंबर बनना स्वीकार कर लेते थे।

दीपक हॉस्पिटल पहुँचकर पहले घंटू के पास गया। उसने बताया कि अमन सर की तबीयत बहुत खराब है और वे पैरालाइज होकर यहीं एडमिट हैं। यह खबर सुनकर घंटू को बहुत अफसोस हुआ। आखिर उनके साथ वह काम जो कर चुका था। सुबह का सारा हाल बताकर दीपक ने किसी तरह से घंटू को तसल्ली दी और फिर इमरजेंसी वार्ड में जाने के लिए बोलकर ऑर्थोपेडिक वार्ड से निकल गया। इमरजेंसी वार्ड के पास जाकर अमन श्रीवास्तव के बारे में पूछने लगा। उसे किसी ने बताया कि अमन सर को कहीं और शिफ्ट कर

दिया गया है। तभी सलोमी आती हुई दिखी।

"हैलो यंगमैन! तुम तो एकदम राइट टाइम पर आ गए।" सलोमी ने कहा।

"हाँ मैम, लेकिन सर तो···" दीपक अपनी बात पूरी नहीं कर पाया।

"अमन सर को प्राइवेट रूम में शिफ्ट करवा दिया है मैंने। क्या है न कि मैं बहुत हाइजीन मेंटेन करती हूँ और वहाँ इमरजेंसी में कई सारे पेशेंट थे तो इंफेक्शन का खतरा था।" सलोमी ने मुस्कराते हुए बताया।

"ओह! तो अभी कहाँ हैं सर? आई मीन किस रूम में?" दीपक ने पूछा।

"चलो, मैं वहीं जा रही हूँ। कुछ दवाइयाँ मँगानी थीं तो अपने ड्राइवर को कॉल करने बाहर आई थी।"

दीपक को लेकर सलोमी एक शानदार रूम में गई, जहाँ हर तरह की मेडिकल मशीनें लगी हुई थीं और एक बेड पर अमन सर लेटे सो रहे थे। उनको डिप लगी हुई थी और एक नर्स उनके पैरों में कुछ दवाइयाँ वगैरह इंजेक्ट कर रही थी।

दीपक ने अमन सर की ओर देखा, लेकिन वे उसे पहचान नहीं पाए। पैरालिसिस का एक हलका अटैक उनके बाएँ चेहरे पर भी पड़ा था, जिससे उनके होंठ एक तरफ खिंच गए थे। उनकी इस हालत को देखकर दीपक को तो रोना आने लगा और वह सोचने लगा कि यह पैरालिसिस कितनी खतरनाक बीमारी है। अगर किसी को हो जाए तो अच्छे-खासे शरीर को तहस-नहस कर देती है। अमन सर बिल्कुल भी पहचान में नहीं आ रहे थे। अभी क्या हो उमर थी उनकी, यही कोई 52-55 साल के आसपास। लेकिन वे लग रहे थे, जैसे 70-80 साल के बूढ़े हों, मानो एक भरा-पूरा शरीर कमजोर होकर एक ढाँचे में बदलता जा रहा था।

"मैम, वे दवाइयाँ मिल गईं क्या, जो डॉ. खन्ना ने मँगाई थीं?" नर्स ने सलोमी से पूछा।

बड़ी ही प्यारी आवाज थी उसकी। एक पल को दीपक की निगाह अमन सर से हटकर उस नर्स की तरफ चली गई। दीपक ने देखा कि एक बला की

खूबसूरत लड़की नर्स की ड्रेस में और भी खूबसूरत लग रही थी। दीपक ने कॉलेज में हजारों लड़कियाँ देखी थीं, लेकिन उस नर्स जैसी अब तक कोई खूबसूरत नहीं दिखी थी। एक अलग तरह का आकर्षण था उसके चेहरे में, जो सबको अपनी तरफ खींच रहा था। ऊपर से उसकी सुरीली आवाज, जिसे सुनकर दीपक का ध्यान उधर बरबस ही चला गया था। अब उसके तो क्या ही कहने! उसे लगने लगा कि मरीज तो यहाँ उसकी आवाज सुनकर ही आधे ठीक हो जाते होंगे।

गुरप्रीत पंजाबी सिख फैमिली से थी और उसके बदन में पंजाबियत एकदम साफ झलक रही थी, लेकिन उसकी आवाज में लखनवी अंदाज मचल रहा था। अकसर दीपक ने फिल्मों में पंजाबी लड़कियों को देखा था, उनके बोल्ड अंदाज और आवाज को देखा-सुना था, इसलिए उसे लग रहा था कि गुरप्रीत में कोई मैन्युफैक्चरिंग डिफेक्ट है, जिसकी वजह से उसका बदन पंजाबी तो था, लेकिन आवाज में किसी मीठी बोलीवाले शहर की मिठास थी। सचमुच बहुत ही खूबसूरत थी गुरप्रीत।

"गुरप्रीत, यह दीपक है। यह अमन सर को बहुत पहले से जानता है। अगर मैं यहाँ न रहूँ और कुछ लाना हो तो तुम दीपक से कह सकती हो।" सलोमी ने गुरप्रीत को समझाया।

"ओके मैम! वैसे तो यहाँ सबकुछ मौजूद ही है, बस कुछ दवाइयाँ और इंजेक्शन ही लाने होते हैं, क्योंकि वे अस्पताल के स्टॉक मेडिसिन क्राइटेरिया से बाहर होते हैं।" गुरप्रीत ने बताया और अमन सर का चेकअप करने लगी। अमन सर गहरी नींद में सो रहे थे। वे ज्यादातर समय सोते ही रहते थे, क्योंकि दवाइयों की डोज हैवी थी। किसी बीमारी की हालत में ज्यादा नींद बहुत जरूरी होती है, क्योंकि नींद की हालत में ही बॉडी अपनी रिकवरी करती है।

दीपक ने सोचा, 'तो गुरप्रीत नाम है इसका। लेकिन उसे तो वह सिर्फ प्रीत कहकर ही बुलाएगा।'

"प्रीतजी...मैं..." दीपक ने कुछ कहना चाहा तो उसे गुरप्रीत ने रोक दिया।

"मेरा नाम गुरप्रीत है दीपकजी, प्रीत नहीं।" गुरप्रीत ने हँसते हुए कहा।

"जानता हूँ जी, लेकिन गुरप्रीत लंबा नाम लग रहा है, इसलिए मैं तो आपको प्रीत ही कहूँगा।" दीपक ने मुस्कराते हुए कहा तो गुरप्रीत झेंप गई।

"हाँ, यह अच्छा आइडिया है, दीपक! मैं भी अब से प्रीत कहकर ही बुलाऊँगी इसे।" सलोमी ने कहा और अपने बैग से दवाइयाँ निकालकर गुरप्रीत को देने लगी।

गुरप्रीत मुस्कराने लगी और दवाइयाँ व इंजेक्शन लेकर टेबल पर रख दिए। कैंटीन में जाने को बोलकर सलोमी कमरे से बाहर चली गई।

"वैसे गुरप्रीत कहने में भी अच्छा लग रहा है। क्या मतलब होता है इस नाम का?" दीपक ने बात बढ़ाने के लिए पूछा।

"गुरप्रीत यानी गुरु का प्यार। यू कैन से इट—दि लव ऑफ गुरु।" गुरप्रीत ने अपने नाम का मतलब बताया।

"ओह! हाउ स्वीट मीनिंग ऑफ योर नेम। रियली, इट साउंड्स गुड।" दीपक ने कहा।

"थैंक्यू जी!" गुरप्रीत ने इतना ही कहा और अमन सर की डिप सही करने लगी। डिप सही करते हुए ही उसने खुद से कहा, 'ये वेस्टेज बैग भर गया लगता है, बदलना पड़ेगा।' इतना कहकर वह रूम से बाहर चली गई और कुछ ही मिनट बाद लौटी तो उसके साथ एक और नर्स भी थी। उस नर्स ने जल्दी से अमन सर का वेस्टेज बैग बदला और फिर रूम से बाहर निकल गई।

"आप यहाँ कब से हैं, प्रीतजी?" दीपक को समझ नहीं आ रहा था कि वह क्या बात करे। उसे गुरप्रीत से खूब बात करने का मन तो हो रहा था, लेकिन बात क्या करनी है, इसका कोई आइडिया उसे नहीं था। इसलिए कुछ कैजुअल से सवाल करने लगा, ताकि थोड़ी झिझक दूर हो तो बात आगे बढ़ जाए।

"तीन साल से। पहले मैं गुड़गाँव के एक हॉस्पिटल में थी।" गुरप्रीत ने बताया और अमन सर की ड्रेसिंग शुरू कर दी।

"तो वहाँ क्यों छोड़ दिया?" अब दीपक को बातचीत के सिरे मिल रहे थे, जिससे उसे लगने लगा कि अब काफी देर तक बात होगी। दरअसल गुरप्रीत के बात करने के अंदाज से वह बहुत प्रभावित था।

"छोड़ने की कोई खास वजह नहीं थी। दिल्ली में रहना गुड़गाँव के मुकाबले मुझे ज्यादा कंफर्ट फील कराता है, शायद इसलिए जब यहाँ वैकेंसी आई और मुझे जॉब ऑफर हुआ तो मैंने फौरन जॉइन कर लिया।" गुरप्रीत ने बताया।

"ओके···अच्छा किया।" दीपक ने बस इतना ही कहा।

"इसमें अच्छा क्या है! हॉस्पिटल की जॉब तो एक जैसी ही होती है, कहीं भी करो, कोई खास फर्क नहीं पड़ता। बात अगर लोकेलिटी में रहने की नहीं होती तो वहाँ भी यही काम करना था।" गुरप्रीत ने बताया।

इसके बाद तो दीपक को लगा कि उसके पास बात करने को कोई सवाल ही नहीं बचा है। उसने थोड़ी देर के लिए खामोश रहना ही बेहतर समझा। लेकिन तब तक गुरप्रीत अमन सर की ड्रेसिंग कर चुकी थी। ड्रेसिंग पूरी करने के बाद गुरप्रीत ने दीपक की खामोशी तोड़ी।

"तो···और बताओ, आप क्या करते हो?" गुरप्रीत ने पूछा और वाश बेसिन की तरफ जाने लगी हाथ धोने के लिए। कमरा अति आधुनिक था तो वहाँ फ्रीज से लेकर टॉयलेट-बाथरूम के साथ ही वाश बेसिन वगैरह भी था।

"आई एम असिस्टेंट मैनेजर इन मार्केटिंग डिपार्टमेंट ऑफ न्यूलाइन इंफोटेक कंपनी। यहीं सी.पी. में है।" दीपक ने बताया।

"ओ नाइस जॉब!" गुरप्रीत ने इतना ही कहा और फिर रूम से बाहर जाने लगी। दीपक भी उसके साथ पीछे-पीछे चल दिया।

पहले दोनों कैंटीन गए, जहाँ सलोमी डिनर में क्या करना है, इसकी प्लानिंग कर रही थी। उसने दीपक और गुरप्रीत को देखा तो अपने पास बुला लिया और वे क्या खाएँगे, यह पूछने लगी। तीनों ने बैठकर डिनर करते-करते न जाने कितनी बातें कीं। दीपक बात कम करता था और गुरप्रीत को ज्यादा देखता था। कभी-कभी जब गुरप्रीत उसे देखते हुए देख लेती तो वह झेंप जाता था और नजरें घुमा लेता था।

तीनों के बीच बातों का सिलसिला ऐसा चला कि पता ही नहीं चला कि कब रात के दस बज गए। अचानक दीपक को याद आया कि अगर वह जल्दी से रूम पर नहीं पहुँचा तो उसका मकान-मालिक गेट बंद कर

देगा और फिर लाख खटखटाने के बाद ही खोलेगा। ऊपर से चार बात सुनाएगा भी। अगर गेट नहीं खुला तो बल्लू भइया के रूम पर जाकर सोना पड़ेगा।

जल्दी-जल्दी डिनर खत्म करके दीपक ने कल फिर आने के लिए बोलकर गुरप्रीत और सलोमी को बाय कहा और फिर घंटू से मिल्कर हॉस्पिटल से अपने रूम के लिए निकल गया।

रास्ते में उसे बार-बार सलोमी का बिंदासपन और गुरप्रीत का मीठे लहजे में बात करना याद आता रहा। वह सोचने लगा कि आखिर उसकी किस्मत में सलोमी या गुरप्रीत जैसी लड़कियाँ क्यों नहीं हैं। यह सोचते हुए थोड़ा दुःखी हुआ और अपनी किस्मत को कोसने लगा कि उसे मनोरमा जैसी लड़की ही मिलनी थी, जो हर बात पर शक करती है और बेवजह लड़ती है। कहाँ सलोमी और गुरप्रीत और कहाँ मनोरमा!

अभी वह यह सोच ही रहा था कि मनोरमा की कॉल आ गई। पहले तो उसने झल्लाते हुए अपने मोबाइल को देखा, लेकिन फिर कॉल रिसीव करके बात करने लगा।

"हाँ बताओ मनोरमा, कैसी हो?" दीपक ने प्यार से पूछा।

"हम तो ठीक हैं, लेकिन आपका काफी देर से फोन क्यों नहीं लग रहा था?" मनोरमा ने फालतू सा सवाल किया।

"अरे यार, मोबाइल नेटवर्क मैंने बनाया है क्या! कैसा बेकार का सवाल है यह! नेटवर्क नहीं रहा होगा, इसलिए नहीं लगा होगा। मैं क्या कर सकता हूँ, अब इसके लिए?" दीपक झल्लाया।

"अरे तो इसमें गुस्सा होने की क्या बात है?" मनोरमा ने भी तेज आवाज में कहा।

"क्यों नहीं है? फोन नहीं लगने का मतलब तुमको कितनी बार बता चुका हूँ कि कहीं-कहीं नेटवर्क नहीं आता है। अभी मैं अस्पताल में था तो नेटवर्क नहीं लगा होगा।" दीपक ने कहा।

"अरे अस्पताल में! वहाँ क्या कर रहे थे? तबीयत तो ठीक है न आपकी?" मनोरमा ने पूछा।

"अरे यार, वो सलोमी···मतलब मेरी तबीयत ठीक है, तभी तो बात कर रहा हूँ। मेरे दोस्त घंटू का एक्सीडेंट हो गया है, उसे ही देखने गया था।" दीपक ने बताया।

"यह सलोनी कौन है ?" मनोरमा ने सलोमी को सलोनी सुना था।

"अच्छा अभी रखो, मैं कार चला रहा हूँ। रूम पर पहुँचकर बात करता हूँ।" दीपक ने जान छुड़ाने की कोशिश की।

"नहीं, पहले बताइए कि आपने सलोनी का नाम क्यों लिया ? कौन है ये लड़की ? कहीं उसके साथ आप···अस्पताल में उसके साथ क्यों गए थे ?" मनोरमा ऐसे पूछ रही थी, जैसे उसने दीपक और सलोमी को रँगे हाथ पकड़ लिया हो।

"अरे यार वो सलोमी है, सलोनी नहीं।" दीपक झल्लाया।

"जो भी हो, लेकिन वो है कौन ?" मनोरमा ने गुस्से में पूछा।

"मेरे पुराने बॉस की बीवी है वो। चलो, अब रखो फोन।" इतना कहकर दीपक ने फोन तो काट दिया, लेकिन उसने मनोरमा के दिमाग में सलोमी नाम का शक पैदा कर दिया।

□

7

अगले दिन शाम को ऑफिस से निकलकर दीपक अस्पताल पहुँचा। इमरजेंसी रूम में पहुँचकर सलोमी और गुरप्रीत से अमन सर का हालचाल लिया और फिर घंटू को देखने ऑर्थोपेडिक डिपार्टमेंट में चला गया। घंटू को पूरी तरह ठीक होने में अभी कम-से-कम पंद्रह-बीस दिन लगने थे, लेकिन उसे हॉस्पिटल से छुट्टी तो जल्दी ही मिल जानी थी। घंटू उस वक्त सो रहा था।

"और घंटू, कैसा है सब यहाँ?" दीपक ने घंटू के प्लास्टर को सहलाते हुए पूछा।

"आह…दीपक! तू घर नहीं गया?" प्लास्टरवाले बाएँ हाथ को थोड़ा उठाकर एडजस्ट किया और फिर अपनी अकड़ दूर करते हुए घंटू ने पूछा।

"तू यहाँ है तो मैं घर कैसे जा सकता हूँ बे!" एक शरारती मुस्कराहट के साथ दीपक ने कहा।

"अच्छा बेटा! मुझे पता था, तुम्हें शाम को यहाँ आना था, लेकिन रात के दस बज रहे हैं।" घंटू ने भी उसी के लहजे में जवाब दिया।

"तो क्या रात गए तुमसे मिलने नहीं आ सकता?" दीपक ने पूछा।

"बिल्कुल आ सकता है भाई, लेकिन यह जो तेरे चेहरे पर मुस्कराहट है न, वह बता रही है कि बात कुछ और ही है। भाभी ने आज कोई शरारतवाली बात कह दी क्या!" घंटू ने मजे लेने के अंदाज में पूछा।

"अरे, ऐसा क्या देख लिया तुमने मेरे चेहरे पर?" दीपक ने मुसकान छुपाते हुए पूछा।

"बेटा, छुपाओ मत अब, दोस्त से कोई बात छुपाना बहुत बड़ा पाप है,

यह तो जानते हो न!" घंटू मजे लेने लगा।

"अरे, कुछ नहीं छुपा रहा! यार। वह एक नर्स है—गुरप्रीत, उसी की बातें याद आ रही हैं।" दीपक ने बताया।

"ओह अच्छा! तो बात नर्स तक पहुँच गई? बेटा, नर्स लोग सिस्टर होती हैं। और तेरी तो शादी हो गई है, तू क्यों उधर लगा हुआ है?" घंटू ने उसे झेलाया।

"अबे, कहाँ की बात कहाँ जोड़ रहा है, पागल! मैं तो यह कह रहा हूँ कि कहाँ तेरी भाभी और कहाँ यह गुरप्रीत!"

"ओत्तेरी! अबे, ये क्या हो गया तेरे को?" घंटू ने चौंककर पूछा।

"कुछ नहीं हुआ बे! मैं सोच रहा हूँ कि मेरी किस्मत इतनी अच्छी क्यों नहीं है, यार! तुम्हारी भाभी मनोरमा से अभी तक मिला भी नहीं हूँ और देखो, उससे रोज किसी-न-किसी बात पर लड़ाई हो जाती है। जब हमारा गौना हो जाएगा और वह यहाँ आ जाएगी, तब पता नहीं क्या होगा! यह सोचकर तो मेरा दिल घबराने लगता है, घंटू!" दीपक ने कुछ उदास होते हुए बताया।

"अबे, ऐसा कुछ नहीं होगा। अभी भाभी दूर हैं, इसलिए ऐसा हो रहा है। देखना गौना हो जाएगा, तब सब ठीक हो जाएगा।" घंटू ने ढाढ़स बँधाया।

दीपक और घंटू कुछ देर यूँ ही अपनी-अपनी बातें करते रहे।

"अच्छा तू अपना ध्यान रख, मैं चलता हूँ। आ जाऊँगा फिर सुबह।" दीपक ने कहा।

"ठीक है भाई, तू जा। दो-तीन दिन में यह प्लास्टर कटता है तो मिलता हूँ तुम्हारी गुरप्रीत से। मैं भी तो देखूँ, भला किसने भाई की नींद उड़ाई है, हा हा हा…" घंटू ने मजे लिये।

दीपक ने कुछ नहीं कहा। बस हलका सा मुस्करा दिया और उसके वार्ड से बाहर निकल गया।

अब दीपक सुबह-शाम अस्पताल जाने लगा। रात में ऑफिस के पेंडिंग काम निपटाता और फिर सुबह उठकर अस्पताल पहुँच जाता। फिर दस बजे तक ऑफिस पहुँच जाता और फिर वहाँ से छह बजे शाम को निकलता तो सीधा अस्पताल पहुँच जाता। कुछ दिन से उसका यही रुटीन चल रहा था।

घंटू के हाथ का प्लास्टर हट चुका था और वह अब धीरे-धीरे एक्सरसाइज भी करने लगा था। डॉक्टर ने कहा था कि एक सप्ताह में वह बाइक का हैंडिल पकड़कर उसे चला भी सकता है।

उधर अमन श्रीवास्तव का इलाज बड़ी ही तेजी से चल रहा था। एक सप्ताह बीत चुका था अमन श्रीवास्तव को एडमिट हुए। लेकिन अब भी रिकवरी बहुत स्लो थी। ऐसा लगता था कि जैसे पैरालिसिस का अटैक थोड़ा तगड़ा आया था। यह भी हो सकता था कि उम्र के तकाजे में अटैक उनके शरीर के मुकाबले में भारी पड़ रहा था।

घंटू को अस्पताल से छुट्टी तो मिल गई थी, लेकिन उसे रोज सुबह फिजियोथेरैपी के लिए आने को कहा गया था। इसलिए रोज सुबह दीपक अपनी कार से घंटू को लेकर अस्पताल जाता और फिर उसकी जब तक फिजियोथेरैपी होती, तब तक जाकर गुरप्रीत और सलोमी से मिलता और अमन सर का हालचाल लेता। उन्हें किसी चीज की जरूरत होती तो उसके बारे में पूछता और लाने चला जाता। और फिर घंटू को उसके ऑफिस छोड़कर अपने ऑफिस चला जाता। फिर शाम को वह ऑफिस से अस्पताल चला जाता और देर रात में घर पहुँचता। यही उसका रुटीन हो गया था।

एक दिन घंटू अपनी फिजियोथेरैपी कराने के बाद दीपक से बोला कि वह गुरप्रीत को देखना चाहता है। दीपक उसे लेकर इमरजेंसी रूम में चला गया।

"गुड मॉर्निंग सलोमीजी! यह घंटू मतलब घनश्याम है, मेरा दोस्त।" दीपक ने सलोमी से घंटू का परिचय कराया। घंटू ने भी इशारे से अभिवादन किया।

"वेरी गुड मॉर्निंग यंगमैन! और कैसे हो तुम लोग? और यह हाथ में क्या हुआ इसके? ऐसे बैंडेज क्यों बाँध रखा है ये गले में?" सलोमी ने अभिवादन का जवाब देने के बाद पूछा।

"इसका एक्सीडेंट हो गया था। बाइक से। माइनर फ्रैक्चर था। कुछ दिन पहले ही प्लास्टर हटा है।" दीपक ने बताया।

"ओह! तो अब कैसा है यह हाथ?" सलोमी ने पूछा।

"अब काफी बेटर है, मैम! अमन सर कैसे हैं? दीपक के साथ मैं भी उनके अंडर में काम कर चुका हूँ।" घंटू ने जवाब देने के साथ ही सवाल भी कर दिया।

"ओह, वेरी नाइस···बट उनकी रिकवरी बहुत स्लो है। आई होप, वे जल्दी ही ठीक हो जाएँगे। मगर आज एक बात अच्छी नजर आई है। अब उनका चेहरा ठीक हो गया है और वे कुछ-कुछ बात कर रहे हैं। आओ मिलवाती हूँ।" सलोमी ने कहा।

तीनों अभी इमरजेंसी रूम में जा ही रहे थे कि दीपक का मोबाइल बजा। मनोरमा का फोन था। उसने मोबाइल साइलेंट कर दिया। मनोरमा के फोन का जवाब देना उसने अब कम कर दिया था, जिसकी वजह से वह और ज्यादा शक करने लगी थी। दीपक अपने अंदर आए हुए बदलाव को खुद भी देख रहा था, लेकिन जो हो रहा था, उसको वह पूरी तरह से एंज्वॉय कर रहा था। इसमें दो बातें थीं—एक तो वह सलोमी की मदद कर रहा था और दूसरे गुरप्रीत के साथ ज्यादा वक्त बिता पाता था। अमन सर के लिए दवाइयाँ वगैरह लानी हों या फिर सलोमी के लिए खाना वगैरह, सुबह-शाम दीपक इन कामों में अपना समय देता था। जहाँ तक गुरप्रीत की बात है तो उस लड़की का स्वभाव ही ऐसा था कि कोई भी उससे ज्यादा-से-ज्यादा बात करना चाहेगा। हालाँकि दीपक को उससे प्यार जैसा नहीं हुआ था और वह इतना आगे का सोच भी नहीं सकता था, क्योंकि मनोरमा उसकी जीवनसंगिनी के रूप में आभासी रूप में ही सही, मौजूद रहती थी। गुरप्रीत को भी दीपक से बात करना अच्छा लगता था, क्योंकि दीपक में बात करने की तमीज बहुत अच्छी थी। लेकिन गुरप्रीत उस रूम में नहीं थी या शायद अभी हॉस्पिटल आई ही नहीं थी।

"देखिए कौन आया है!" सलोमी ने दीपक और घंटू की ओर इशारा करके अमन से कहा।

"अरे दीपक···घनश्याम!" काँपते होंठों से अमन ने बस इतना ही कहा और मुस्कराने लगे। उन्हें दीपक और घनश्याम का चेहरा और नाम दोनों याद थे। उन दोनों को यह जानकर बहुत खुशी हुई।

"अब कैसा फील कर रहे हैं, सर? वी आर प्रेइंग, डोंट वरी, आप जल्दी

ही ठीक हो जाएँगे।" दीपक ने अमन के मुस्कराने का साथ देते हुए कहा। अमन ने कोई जवाब नहीं दिया।

"चलो दीपक, इनको आराम करने देते हैं। मुझे डॉक्टर से मिलना है। कितने दिन बाद तो ये बोले हैं तुम दोनों को देखकर। नहीं तो सिर्फ इशरे में ही बात करते थे।" सलोमी का चेहरा खिल-सा गया।

"यस मैम! सर जल्दी ही ठीक हो जाएँगे, डोंट वरी।" दीपक ने तसल्ली दी। तीनों रूम से बाहर आ गए।

सलोमी की बात दीपक के कान में बार-बार आती रही कि अमन सर ने उसका नाम लिया। दीपक को अच्छा तो लगा, लेकिन दुःख भी हुआ कि अमन सर इससे ज्यादा नहीं बोल पाए। काश कि जल्दी ही वे उठकर खड़े हो जाएँ। दीपक यही सोच रहा था कि मनोरमा की कॉल फिर आने लगी। दीपक ने फिर मोबाइल साइलेंट किया और घंटू की ओर देखने लगा। घंटू उसकी हालत को अच्छी तरह से समझ रहा था। हालाँकि घंटू की निगाहें गुरप्रीत को खोज रही थीं, लेकिन सलोमी के सामने वह कुछ कह नहीं पा रहा था।

अमन श्रीवास्तव, सलोमी और गुरप्रीत के साथ दीपक इस तरह उलझने लगा था कि पता ही नहीं चल रहा था कि हो क्या रहा था उसकी जिंदगी में। ऐसा लग रहा था, जैसे वह एक शानदार चौड़े से हाइवे पर चला जा रहा है, तभी मनोरमा का ब्रेकरनुमा फोन आ धमकता है। उसे ऐसा लगता था कि घंटू की मस्ती और मनोरमा के फोन-टॉर्चर की वजह से वह सरपट भाग भी नहीं सकता।

तीनों अस्पताल की कैंटीन तक पहुँचे ही थे कि सामने से गुरप्रीत आती दिखी। सलोमी कैंटीन काउंटर की ओर चली गई, लेकिन दीपक और घंटू वहीं ठहर गए। गुरप्रीत को देखकर दीपक की बाँछें तो खिल ही गईं, लगे हाथ पूरे गिलास का पानी गटक जानेवाली कहावत की मुद्रा में घंटू की बाँछें भी खिल गईं।

"हैलो दीपक! कैसे हो?" बड़े प्यार से गुरप्रीत ने पूछा।

"हाय गुरप्रीत! मैं अच्छा हूँ। आज तुम लेट हो गई?" दीपक ने पूछा।

"हाँ, थोड़ा काम था घर पर।" गुरप्रीत ने कहा।

"ओके! ये घंटू है···" दीपक की बात अभी पूरी भी नहीं हुई थी कि घंटू ने उसे पीछे से चूँटी काटी।

"मेरा मतलब घनश्याम है, मेरा दोस्त। यहीं बंसल सर से फिजियोथेरैपी करा रहा है।" दीपक ने बताया।

"ओह अच्छा! क्या हुआ था घंटूजी, मेरा मतलब है घनश्यामजी?" गुरप्रीत ने फौरन घंटू से पूछ लिया। घंटू तो मारे खुशी से कब से बात करने को बेकरार था।

"कुछ नहीं जी, छोटा सा एक्सी···" कहते-कहते चुप हो गया। फिर बोला, "वह थोड़ी सी मोच आ गई थी हाथ में। इसलिए···" घंटू ने जैसे-तैसे बताया। उससे तो बोला ही नहीं जा रहा था।

"ओह! हाउ फील नाउ?" गुरप्रीत ने पूछा।

"बेटर···आई फील बेटर नाउ।" घंटू ने रुक-रुक के बताया।

"मोच नहीं आई थी प्रीतजी, इसका बाइक से एक्सीडेंट हुआ था और हाथ में माइनर फ्रैक्चर हो गया था। सच क्यों नहीं बोल रहा घंटू?" दीपक ने गुरप्रीत के सामने घंटू का थोड़ा सा मजा लेना चाहा।

"आप सबका नाम क्यों छोटा कर देते हैं दीपूजी?" गुरप्रीत ने इतना कहा ही था कि घंटू को जोर की हँसी आ गई और वह हँसने भी लगा।

घंटू को हँसता देख दीपक भी हँसने लगा, क्योंकि अब उसका भी नामकरण हो चुका था—दीपू के नाम से। गुरप्रीत भी अपनी हँसी नहीं रोक सकी और घंटू के साथ हाई-फाई करके हँसने लगी। घंटू तो जैसे उसके लिए तैयार ही था, अनायास उसका दायाँ हाथ हाई-फाई के लिए उठ गया।

"ओके गाइज···मैं अमन सर की ड्रेसिंग करने जा रही हूँ। बाय-बाय!" गुरप्रीत इतना कहकर वहाँ से चली गई और जाते-जाते एक बार पलटकर उसने घंटू की ओर देखा भी। घंटू भी हँसते हुए उसे वहाँ से जाता देखता ही रह गया। उस लम्हे में घंटू ने गुरप्रीत के हाथों के स्पर्श को बड़ी मोहब्बत से महसूस किया। उसने ये महसूस किया कि जब गुरप्रीत ने हाई-फाई की थी, तब उसकी हथेली कितनी मुलायम और गरम थी। उसकी गरम और नाजुक हथेलियों के स्पर्श के रास्ते एक करंट घंटू के दिल के तार झनझनाने लगा।

घंटू को इस तरह खोया हुआ देखकर दीपक ने उसे टोका। घंटू मुस्कराता हुआ आगे बढ़ने लगा तो दीपक ने उसे पकड़कर कैंटीन की तरफ चलने के लिए कर दिया।

"यार दीपू···अरे नहीं···दीपक···हा हा हा! सचमुच यह तुम्हारी गुरप्रीत··· बहुत खूबसूरत है यार!" घंटू ने हँसते हुए कहा।

घंटू की बात पूरी भी नहीं हुई थी कि तब तक सलोमी वहाँ आ गई। उसके हाथ में ढेर सारे खाने-पीने की चीजें थीं।

"कौन खूबसूरत है भई···हमें भी तो बताओ कोई!" सलोमी ने छेड़ा।

"कुछ···कुछ नहीं मैम···बस ऐसे ही। ये घं···घनश्याम को हर लड़की खूबसूरत लगती है।" दीपक ने कहा।

"हाँ तो इसमें बुराई क्या है! यह तो बहुत अच्छी बात है। जवानी में लड़कियाँ अच्छी नहीं लगेंगी तो फिर कब लगेंगी भई!" सलोमी ने कहा और खाने का सामान पकड़ाने लगी।

"मैम, हमें ऑफिस जाना होगा।" दीपक ने सामान पकड़ते हुए कहा।

"हाँ तो चले जाना, पहले यह खाओ-पिओ, फिर जाना।" सलोमी ने कहा और चेयर ठीक करके टेबल पर अपना बैग वगैरह रखने लगी।

दरअसल दीपक के साथ घंटू था, इसलिए वह कंफर्ट फील नहीं कर रहा था वहाँ। ऐसा नहीं था कि वह घंटू की वजह से ऐसा कर रहा था, बल्कि खुद की वजह से। एक तो बार-बार मनोरमा की कॉल भी आ रही थी, जिसे देखकर घंटू उसकी तरफ इशारे करने लगता था। शायद इसलिए दीपक को परेशानी हो रही थी। वह चाहता था कि जल्दी से वह घंटू को उसके ऑफिस छोड़कर अपने ऑफिस चला जाए, ताकि वहाँ अपना काम निपटाकर फिर शाम को अस्पताल पहुँच जाए।

खैर, दोनों अपने ऑफिस पहुँच गए और अपने-अपने काम में बिजी हो गए। फिर रोज की तरह शाम को दीपक अस्पताल गया। अगली सुबह दीपक जब उठा तो मोबाइल पर मनोरमा की पाँच मिस्ड कॉल देखकर परेशान हो गया। उसका मन कई तरह की आशंकाओं से घिरने लगा, क्योंकि इतनी सुबह मनोरमा ने कभी भी उसे फोन नहीं किया था। दीपक ने सोचा कि कॉल बैक

करके पूछ ले, लेकिन पहले सोचने लगा कि शायद मनोरमा आज कुछ जल्दी ही टॉर्चर करने के मूड में हो तो उसने फोन वापस रख दिया और जल्दी-जल्दी सुबह के सारे काम निपटाकर ऑफिस जाने के लिए तैयार होने लगा। तैयार होकर ब्रेकफास्ट करने के लिए बैठा ही था कि मनोरमा का फोन एक बार फिर आया। दीपक ने इस बार फोन उठा लिया। उसके फोन उठाते ही उसने रोना शुरू कर दिया।

"है···हैलो···हैलो जी···सुनते हैं···" मनोरमा हकलाते हुए बोल रही थी।

"अरे हाँ, सुन रहा हूँ···इतना घबराई हुई क्यों हो? कोई बात हुई है क्या?" दीपक ने ब्रेकफास्ट साइड रखा और मोबाइल कान पर लगाए रूम से बाहर आकर बात करने लगा, ताकि पूरे नेटवर्क में मनोरमा की आवाज क्लियर आए।

"म···म···मेरा भाई···मेरा भाई···पिं···पिंटू···गि···गिर गया है···" इतना कहकर मनोरमा जोर से रोने लगी।

"अरे! गिर गया! कहाँ से गिर गया, पिंटू? साफ-साफ क्यों नहीं बताती हो यार? और पहले यह रोना बंद करो फालतू में और पूरी बात बताओ।" दीपक झल्लाया।

"भाई गिर गया है बाइक से। उसका हाथ शायद टूट गया है।" मनोरमा ने रोते हुए ही कहा।

"डॉक्टर ने क्या कहा है?" दीपक ने पूछा।

"प्लास्टर चढ़ाने के लिए बोल रहा है।" मनोरमा ने बताया।

"ठीक है, रोओ मत···मैं टिकट देखता हूँ···आ जाता हूँ तुम्हारे घर···" दीपक की बात अभी पूरी भी नहीं हुई थी कि उसकी बात काटते हुए मनोरमा चीखी।

"आप कैसे आ सकते हैं यहाँ? आपको आने की कोई जरूरत नहीं है।" मनोरमा ने रोना बंद करके बोलना शुरू कर दिया।

"अरे, क्यों नहीं आ सकता? वह भी मेरा ही घर है।" दीपक ने कहा। दीपक तो बस यह कहकर बहाने से उसके घर जाकर उससे मिलना चाहता था, ताकि वह मनोरमा के पास बैठकर उसे अच्छी तरह से समझा सके कि

बात-बात पर लड़ाई-झगड़े न किया करे।

"बहस मत कीजिए। नहीं आ सकते तो नहीं आ सकते, बस।" मनोरमा चिल्लाई।

"लेकिन क्यों नहीं आ सकता, वही तो पूछ रहा हूँ?" दीपक ने फिर जोर देकर पूछा।

"एकदम से बकलोल हैं क्या? अरे, आप यहाँ के दामाद हैं और अभी हमारा गौना नहीं हुआ है। आप न तो यहाँ आ सकते हैं और न हमसे मिल सकते हैं। यदि आप आ गए तो पूरा गाँव न जाने का-का कहेगा हम लोग को।" मनोरमा ने झल्लाते हुए जवाब दिया।

"वह सब हमको पता है। लेकिन क्या जब दुःख-परेशानी आए, तब भी गौने से पहले दामाद अपनी ससुराल नहीं जा सकता? यह तो गलत है न?" दीपक ने पूछा। वह अपने बहाने को और भी मजबूत करना चाहता था, इसलिए अपने सारे तर्क को आजमा रहा था।

"हाँ, वह नहीं जा सकता। यही परंपरा है।" मनोरमा ने एक टूक जवाब दिया और फोन काट दिया।

यही तो करती थी मनोरमा अकसर। दीपक की बात सुने बिना ही फोन काट देती थी। और दीपक के दिमाग में वह अधूरी बात एक टीस की तरह उठती और फिर उसका गुस्सा बढ़ने लगता। इसलिए फोन कटते ही वह गुस्से से भर गया। उसे सलोमी और गुरप्रीत याद आने लगीं। अब न तो उसे कोई दिलासा दिलानेवाला था और न ही उसके दर्द को कोई समझनेवाला था। उसके मन में शादी के बाद से ही एक कशमकश रही थी कि काश, अच्छी तरह से जी भरकर मनोरमा को एक बार देख लिया होता तो शायद उसके दिल में उसकी तस्वीर तो बनती कम-से-कम। लेकिन पुराने समय से चली आ रहीं परंपराओं ने जब आधुनिकता के पाँव में बेड़ियाँ डाल ही दी हैं तो फिर कोई कर भी क्या सकता है। किसी भी चीज के लिए जहाँ दो लोगों को रिश्ता हो, वहाँ संवाद का होना जरूरी है। मनोरमा और दीपक के बीच आमने-सामने बैठकर संवाद स्थापित होता तो शायद दोनों में बात-बात पर झगड़ा नहीं होता। दूसरी बात यह भी है कि फोन पर किसी के दिल-दिमाग

की हालत का अंदाजा नहीं लगाया जा सकता। हालाँकि आवाज के जरिए भी थोड़ा-बहुत यह समझा जा सकता है, लेकिन उतना नहीं, जितना कि सामने बैठकर एक-दूसरे की आँखों-में-आँखें डालकर देखते हुए समझा जा सकता है।

दीपक के मन में एक खलबली मच रही थी। उसे इस बात की दिक्कत नहीं थी कि उसके साले साहब बाइक से एक्सीडेंट कर बैठे हैं तो उन्हें देखने जाना ही होगा। दरअसल उसे देखने जाने के बहाने से ही वह मनोरमा से मिलना चाहता था, देखना चाहता था, बात करना चाहता था। अब तक उसकी जिंदगी में जो कुछ हो रहा था, उसके बारे में किसी से कोई बात शेयर करने की नौबत ही नहीं आई थी। पापा से वह इतनी बात करता नहीं था और माँ दुनिया छोड़ गई थी। ऑफिस के दोस्त-यार के बीच इन बातों का रखने का अर्थ है—अपनी ही खिल्ली उड़वाना। इसलिए वह किसी से कुछ नहीं कह पाता था। ऐसे में एक मनोरमा ही थी, जिससे वह अपनी बातें, अपने अहसास शेयर करना चाहता था, लेकिन उसकी आदतें इतनी खराब थीं कि बात करने से पहले ही उसका मूड बिगाड़ देती थीं। इसलिए रही-सही उसकी उम्मीद भी जाती रही।

यही सब सोचकर वह मनोरमा से मिलना चाहता था, ताकि वह अच्छी तरह से बात करके उसे समझा सके कि शक करने की कोई जरूरत नहीं है, गौने के बाद हम एक साथ रहेंगे तो सब ठीक हो जाएगा।

लेकिन सवाल यह था कि अगर गौने के बाद भी मनोरमा की आदतें नहीं गईं तो? यही सवाल दीपक के दिमाग को मथ रहा था और इसे लेकर वह बहुत ही परेशान रहता था। इसलिए वह चाहता था कि वह मनोरमा के पास बैठकर उसका हाथ अपने हाथों में लेकर उसकी आँखों में प्यार से देखते हुए अपनी सारी बात कह दे। और ऐसा होता भी है, दो हथेलियाँ मिलती हैं तो छुअन का अहसास दिल के भीतर तक पहुँचता है और गिले-शिकवे पल में दूर हो जाते हैं।

मन में ढेर सारी कशमकश लिये वह उठा और ऑफिस जाने की तैयारी करने लगा। नाश्ता भी नहीं बनाया और सोचा कि घंटू के साथ अस्पताल की

कैंटीन में ही नाश्ता कर लेगा। तैयार होते हुए ही उसने घंटू को फोन लगा दिया।

"हैलो घंटू, तैयार हुआ या नहीं?" दीपक ने पूछा।

"हाँ, तैयार हो गया भाई, आ जाओ। जब तू आएगा, तब नाश्ता तैयार हो जाएगा।" घंटू ने बताया।

"अच्छा सुन, नाश्ता अस्पताल की कैंटीन में करेंगे गुरप्रीत के साथ। तो तू नाश्ता-वाश्ता मत बनाना।" दीपक ने कहा।

"अरे वाह! सही जा रहे हो एकदम। क्या बात है भाई, जो नाश्ता अस्पताल की कैंटीन में करेगा, वह भी गुरप्रीत के साथ।" घंटू ने मजे लेने शुरू कर दिए।

"लेकिन मैंने तो सलोमी बोला ना...वह अमन सर की वाइफ..." दीपक ने कुछ हकलाते हुए कहा।

"लेकिन बेटा, तुम्हारे मुँह से तो गुरप्रीत सुनाई दिया है। मामला क्या है ब्रो?" घंटू पूछकर हँसने लगा।

"कैसा मामला? तुम्हारे दिमाग में गुरप्रीत अटक गई है। अबे, वो नर्स है और पंजाबी भी है।" दीपक ने समझाया।

"हाँ, वही तो मैं कह रहा हूँ कि वह नर्स है और तू शादीशुदा है, लेकिन फिर भी..." घंटू की बात पूरी नहीं हो पाई।

"अच्छा, बस बहुत हो गया तेरा। तू तैयार रह, मैं पहुँच रहा हूँ।" दीपक ने इतना कहा और फोन रखकर गाड़ी निकालने के लिए बिल्डिंग की सीढ़ियाँ उतरने लगा।

दीपक सबसे पहले घंटू के पास गया और अस्पताल के ऑर्थोपेडिक डिपार्टमेंट में छोड़कर अमन सर से मिलने चला गया। वहाँ सलोमी मौजूद थी ही। गुरप्रीत अभी आई नहीं थी तो दीपक की निगाहें उसे इधर-उधर खोजने लगीं। सलोमी से पता चला कि गुरप्रीत की उस दिन छुट्टी थी। अब दीपक का ज्यादा देर तक अस्पताल में मन नहीं लगेगा, इसलिए वह घंटू के वापस आते ही सलोमी के साथ कैंटीन चला गया। अमन सर की रिकवरी की स्पीड जस-की-तस थी। लेकिन डॉक्टर ने उम्मीद जताई थी

कि अगले सप्ताह तक कुछ बेटर रिजल्ट आएगा और रिकवरी भी फास्ट होने लगेगी। लेकिन कितनी रिकवरी हो पाएगी, इसके बारे में कुछ कहना मुश्किल था।

"यहाँ के समोसे बड़े अच्छे लगते हैं। है ना दीपक?" सलोमी ने टेबल पर अपना बैग रखते हुए कहा।

"हाँ, वो तो है, मैम!" दीपक ने बस इतना ही कहा।

"अच्छे होंगे क्यों नहीं···उसे बनानेवाला हलवाई अपने यू.पी. का ही है, बनारस का।" घंटू ने कहा।

"तुम्हें कैसे पता कि वह बनारस का ही है? मैंने तो उसे कभी भोजपुरी बोलते नहीं सुना!" दीपक ने कहा।

"अरे भाई, वह सामने बैठकर थोड़ी न बात करता है कि तू सुन लेगा। वह पीछे चूल्हे के पास बनाने में बिजी रहता है। पहली बार जब मैं यहाँ समोसे लेने आया था तो उस वक्त समोसे बने नहीं थे। मैं अंदर जाकर देखने लगा कि कौन बना रहा है तो वहाँ बनारसी मिला, जो समोसे को आकार दे रहा था। मैं भी तो ठहरा बनारसी, इसलिए मेरी उससे खूब बात हुई।" घंटू ने बताया।

"तब तो वह कचौड़ियाँ भी बनाता होगा न? सुनते हैं, बनारस की कचौड़ियों का कोई जवाब नहीं है।" सलोमी ने चहकते हुए कहा।

"हाँ मैम, जरूर बनाता होगा। मैं पूछ के आऊँ क्या?" घंटू ने कहा।

"तू बैठ चुपचाप। तेरा प्लास्टर क्या हटा, तू फिर उछल-कूद करने लगा।" दीपक ने उसे लगभग डाँट ही दिया तो घंटू का चेहरा भी बिगड़ गया। वह चुप हो गया।

"ओह यंगमैन··· डोंट फाइट यार सुबह-सुबह। अभी फिलहाल समोसे खाने का मन है, कचौड़ियाँ फिर कभी।" सलोमी ने कहा और ऑर्डर देने चली गई।

वहाँ से नाश्ता करने के बाद दीपक ने घंटू को उसके ऑफिस छोड़ा और फिर अपने ऑफिस जाकर मनोरमा के घर जाने के लिए टिकट बुक करने लगा। बॉस से बता भी दिया कि उसके साले का एक्सीडेंट हो गया है, इसलिए कुछ दिनों के लिए घर जाना होगा। उसके बॉस ने छुट्टी दे भी

दी। लेकिन कल-परसों में किसी भी ट्रेन में टिकट नहीं था। उसने तत्काल भी देखा, लेकिन सब भर चुका था। रात वाली एक ट्रेन में उसे सात वेटिंग का एक टिकट दिखा। उसने उसे फौरन बुक कर दिया कि रात में अकसर लोग यात्राएँ कैंसिल कर देते हैं तो उसे इसका फायदा मिल जाएगा। मिर्जापुर से वापसी का टिकट अभी बुक नहीं किया कि न जाने वहाँ कितने दिन रहना पड़े।

लेकिन कहते हैं न कि इनसान की जिंदगी के साथ ही ढेर सारी मुश्किलें भी चली आती हैं। दीपक के साथ तो ऐसा न जाने कब से हो रहा था कि उसे जब-तब आए दिन किसी-न-किसी मुश्किल का सामना करना ही पड़ता था। जो वेटिंग टिकट लिया था उसने, वह कंफर्म नहीं हुआ। लेकिन उसे जाना था तो जाना था। मनोरमा ने जिस तरह से पिछले छह-सात महीनों से उसे कॉल कर-करके और उस पर शक कर-करके परेशान किया था, उससे मुक्ति पाने के लिए वह मनोरमा से मिलकर सारी बातें स्पष्ट करना चाहता था। फोन पर तो उसकी बात वह सुनती ही नहीं थी। जहाँ वह अपनी बात करना शुरू ही करता कि वह फौरन कॉल डिस्कनेक्ट कर देती। दीपक के मन में शायद अरसे से यह चल रहा था कि कोई बहाना मिले तो वह फौरन ही मनोरमा से मिलने उसके घर पहुँच जाए। अब मनोरमा के भाई के एक्सीडेंट से अच्छा बहाना और क्या हो सकता था।

जब दीपक ने हर हाल में मनोरमा के घर जाने का प्लान कर लिया था तो टिकट कंफर्म न होने की सूरत में अपना प्लान कैंसिल नहीं कर सकता था। उसने अगली सुबह दिल्ली-मिर्जापुर रोडवेज की बस पकड़ी और निकल पड़ा गौने से पहले ही अपनी बीवी से मिलने के लिए और सारी बातें स्पष्ट करने के लिए कि वह दिल्ली में केवल काम करता है, किसी भी बात के लिए उस पर शक करने की जरूरत जरा भी नहीं है। गौने से पहले ही वह समझाना चाहता था, क्योंकि वह नहीं चाहता था कि गौना हो जाने के बाद किसी तरह का रार मचे उसके घर में।

दिल्ली के कश्मीरी गेट बस अड्डे से मिर्जापुर जानेवाली सुबह चार बजे की पहली बस में वह बैठ गया। नौ बजे के करीब बस एक जगह रुक गई,

ताकि लोग बाथरूम वगैरह से फारिग हो लें और चाय–नाश्ता भी कर लें। उसी समय दीपक ने घंटू और सलोमी को कॉल करके बता दिया कि अचानक घर जाना पड़ रहा है, लेकिन उसका मोबाइल हमेशा ऑन रहेगा, वे दोनों कभी भी उसे कॉल कर सकते थे। लगे हाथ घंटू को यह भी समझा दिया कि वह रोज अस्पताल जाकर अमन सर का हालचाल ले लिया करे और सलोमी को कुछ मदद की जरूरत हो तो वह कर दिया करे।

□

8

मनोरमा के मना करने के बाद भी दीपक ने उसके घर जाने का फैसला तो कर ही लिया था। ट्रेन का वेटिंग टिकट मिला, जो कंफर्म नहीं हुआ तो अगले दिन दिल्ली टू मिर्जापुर की बस में बैठकर दीपक मिर्जापुर पहुँच गया। जैसे-तैसे बस स्टेशन से एक ऑटो लेकर शाम के पाँच बजे के करीब वह अपने ससुराल पहुँचा। मनोरमा के गाँव का नाम तो पता था, लेकिन उसने मनोरमा का घर नहीं देखा था। जब वह बारात लेकर गया था मनोरमा से शादी करने तब उसने ध्यान नहीं दिया था कि गाँव में उसका घर किस ओर है। ऐसा अमूमन होता भी है कि एक बार कहीं जाओ तो उसका पता याद नहीं हो पाता, जब तक कि कई बार उस जगह को न जाओ। दीपक के साथ भी यही हो रहा था। बारात रात को पहुँची थी और दूल्हे को इतनी आजादी तो होती नहीं कि वह अपनी ससुरालवाला गाँव घूम ले, इसलिए उसे कुछ भी याद नहीं था।

दीपक ने मनोरमा को फोन लगाया उसके घर का पता पूछने के लिए, लेकिन उसने फोन ही नहीं उठाया। थक-हारकर दीपक ने पास में दिख रही एक दुकान पर खड़े कुछ लोगों से पूछा। सारे लोग उसको बड़े ही आश्चर्य से देखने लगे। कुछ लोग तो दीपक को पहचान गए कि यह तो गाँव का पहुन है, यानी दामाद है। चूँकि अभी गौना नहीं हुआ था, इसलिए लोग अजीब नजर से उसे देखे जा रहे थे। हालाँकि कुछ लोगों को पता था कि मनोरमा के भाई का एक्सीडेंट हो गया है, इसलिए उन्होंने यह समझ लिया कि दीपक उसे देखने आया होगा।

"भाईसाहब! रामप्रवेशजी का घर किधर होगा?" दीपक ने एक आदमी

से पूछा, जो खैनी खरीद रहा था।

"उधर पीपल का पेड़ है न, उसके सामनेवाली गली में चले जाइए। दो घर छोड़ के तीसरा घर है।" उसने मनोरमा के घर का पता बता दिया।

"धन्यवाद भाईसाहब!" इतना कहकर दीपक पीपल के पेड़ की ओर बढ़ गया।

दीपक के वहाँ से जाते ही वहाँ इकट्ठे लोगों के बीच में कुछ खुसुर-पुसुर होने लगी।

"ई तो रामप्रवेश का दामाद लगता है न जी?" एक आदमी ने पूछा।

"हाँ, लगता तो वही है, मनोरमा से जिसका बियाह हुआ है।" दूसरे ने कहा।

"लेकिन मनोरमा का तो अभी गौना नहीं हुआ है। छह-सात महीने पहले ही तो बियाह हुआ था। फिर ई इहाँ का करने आया है?" तीसरे ने पूछा।

"आजकल का जुग-जमाना जानते ही हैं। नया लड़का है ये सब, अब इन सबको हमारे रीति-रिवाज और परंपरा आदि का कहाँ मान-मरजादा है!" एक बूढ़े ने बीड़ी का कश खींचकर कहा।

"सही कह रहे हैं, काका! आजकल बियाह होते ही गौना-सौना कहाँ सब लोग मानता है!" चौथे आदमी ने बूढ़े की बीड़ी से अपनी बीड़ी सुलगाते हुए कहा।

"अरे, उ मनोरमा के भाई का एक्सीडेंट हो गया है न, हो सकता है उसी को देखने आया हो।" पाँचवें ने मशविरा चटका दिया।

"हो सकता है, लेकिन उसके आने से वह ठीक थोड़ी न हो जाएगा! रीति-रिवाज भी कौनो चीज होता है भाई! इसी से धरम-करम बचा रहता है।" बूढ़ा चिढ़ते हुए बोला और जोर से बीड़ी खींचने लगा।

"जो भी हो भाई, है तो वह हमारे गाँव का पाहुन ही न, हम सबको अपने मन में उसके बारे में बुरा विचार नहीं लाना चाहिए।" एक नई उम्र के लड़के ने कहा।

"हाँ, तुम तो कहोगे ही। तुम आजकल के लड़के अपनी गलती कहाँ मानते हो कभी।" बूढ़े ने लड़के को झिड़क दिया।

जैसे-तैसे दीपक मनोरमा के घर जानेवाली गली में पहुँचा।

दीपक ने उनकी बातें तो नहीं सुनीं, लेकिन उनके देखने के अंदाज से वह समझ गया कि मानो वह उस गाँव के लिए कोई अजीब प्राणी बनकर आया हो। रास्ते में उन लोगों का उसके प्रति व्यवहार उसे अच्छी तरह से समझ नहीं आया, लेकिन इतना समझ गया कि मनोरमा क्यों अपने यहाँ आने से रोक रही थी। उन लोगों की अजीब तरह की मुस्कराहट किस बात पर थी और वे लोग ऐसा क्यों कर रहे थे, यह सब देखकर उसे अंदर से अजीब लग रहा था।

मनोरमा की गली में खड़ा होकर दीपक ठिठक गया और अपने आप को नीचे से ऊपर तक देखने लगा कि कहीं उसके पहनावे वगैरह में तो कोई कमी नहीं रह गई थी। लेकिन सबकुछ ठीक था और कपड़े पहनने में उससे कोई भी गलती नहीं हुई थी। ऑफिशियल ड्रेसअप सेंस तो उसका कॉलेज के समय से ही था, इसलिए उसने खुद को ही आश्वस्त किया कि शायद उसके वहाँ का दामाद होने की वजह से ही लोग उसे अजीब नजर से देख रहे थे। लेकिन यह बात भी अजीब लगी कि अगर गौने से पहले कोई दामाद अपनी ससुराल आ भी गया तो इसमें कौन सा पहाड़ टूट पड़ने जैसा हो गया! यही सब सोचते हुए दीपक उस गली के दो मकानों को छोड़कर तीसरे मकान के पास पहुँच गया, यानी मनोरमा के घर के बाहर जाकर खड़ा हो गया।

मनोरमा के दरवाजे के सामने खड़ा होकर एक कशमकश अब भी उसके दिल में मचल रही थी कि वह दरवाजा खटखटाए या नहीं, क्योंकि मनोरमा ने उसे आने से मना किया था। वहीं गाँववालों की नजरों की हरकत से वह हिचक रहा था और एकबारगी खयाल आया कि वह लौट जाए। उसे याद आया कि उसने मनोरमा को कॉल किया था। वह सोचने लगा कि अगर अभी मनोरमा की कॉल आ गई तो वह उसे बताकर वापस अपने घर चला जाएगा और फिर वहाँ से एक-दो दिन रहकर वापसी का टिकट लेकर दिल्ली लौट जाएगा। यही सब सोचते हुए उसने दरवाजा खटखटा दिया। थोड़ी देर बाद मनोरमा के पापा ने दरवाजा खोला और दीपक को देखकर चौंक पड़े, मानो उन पर कोई वज्र गिर गया हो। वे दरवाजे से बाहर आकर बोले।

"अरे दामादजी, आ···आ···आप? इस तरह बिना बताए ही अचानक?" इतना कहकर उन्होंने जल्दी से दीपक की पीठ पर हाथ रखा और भीतर की तरफ ले जाने लगे। आँगन में कदम रखते ही झट से दरवाजा बंद किया और उन्हें जल्दी से बैठक में चलने का इशारा किया। गाँवों में हर घर में अकसर ही एक कमरा होता है, जहाँ मेहमानों को ठहराया जाता है। उसे ही लोग बैठक कहते हैं। उसमें एक या दो तख्त बिछे होते हैं, जिन पर अच्छा सा बिस्तर भी लगा होता हैं।

बैठक में बिस्तर पर बैठते हुए दीपक समझ गया कि अब मामला गंभीर होनेवाला है। शाम हो ही चुकी थी तो रसोई में रात के खाने की तैयारी चल रही थी। मनोरमा और उसकी माँ दोनों ही किचन में सब्जियाँ वगैरह काट रही थीं। रामप्रवेश ने मनोरमा की माँ को जोर की आवाज लगाई और दीपक के आने की सूचना देकर वहाँ से अपने बेटे पिंटू के कमरे में चले गए, जहाँ वह हाथों में प्लास्टर चढ़ाए सोया हुआ था। मनोरमा की माँ ने जब सुना कि दामादजी आए हैं, तब झट से पानी लेकर बैठक की ओर दौड़ी। मनोरमा की माँ को ठीक तो नहीं लग रहा था, लेकिन अब जब दामादजी आ ही गए हैं तो सेवा-सत्कार तो करना ही था। अब भले दीपक ने परंपरा तोड़ दी थी, लेकिन मनोरमा के माँ-बाप तो कम-से-कम दामाद की इज्जत करने की रीति नहीं तोड़ सकते थे।

"आना ही था बबुआ तो बता दिए होते न, कम-से-कम एक बार तो कहीं रहने का अच्छा इंतजाम हो गया होता।" मनोरमा की माँ यानी दीपक की सास ने कहा। वे पानी और बिस्कुट रखकर बात करने लगीं। उनका चेहरा एकदम से उतरा हुआ था। दीपक उनका चेहरा देखने लगा।

मनोरमा कहीं नजर नहीं आ रही थी। शायद दीपक के आने की खबर से वह सन्न रह गई थी और अपने कमरे में छुप गई थी। या शायद मनोरमा की माँ ने ही उसे अंदर रहने के लिए कह दिया हो। यही सोचते हुए वह एक बिस्कुट उठाकर खाने लगा।

"इसके पापा बहुत गुस्से में हैं। आपका यहाँ आना उन्हें ठीक नहीं लगा है, काहे से कि आपका अभी गौना नहीं हुआ है।" मनोरमा की माँ यह कहते-

कहते रुआँसी होने लगीं। दीपक ने चुपचाप बिस्कुट खाया और घूँट-घूँट करके पानी पीने लगा।

"ऐ बबुआ! आज रात ही खाना खाकर यहाँ से अपने घर चले जाइएगा। कहीं कोई आपको देख लेगा तो पूरे गाँव में हमारी इज्जत मिट्टी में मिल जाएगी।" यह कहते-कहते मनोरमा की माँ लगभग रोने ही लगीं। उनकी हालत देखकर दीपक को तो ऐसा लगने लगा कि शायद उसने कोई बहुत बड़ी गलती कर दी थी, लेकिन उसके मन में अब भी चल रहा था कि बिना मनोरमा से मिले वह नहीं जाएगा।

"आप रोइए नहीं माँजी, एक बार मनोरमा से मिल लूँ तो चला जाऊँगा।" दीपक ने पानी का आखिरी घूँट पीकर गिलास रखते हुए कहा।

"नहीं बबुआ। बिना गौना के ऐसा नहीं होता है। यही परंपरा है। हम रो इस बात पर रहे हैं कि कहीं कोई आपको देखा तो नहीं यहाँ आते हुए। पता नहीं कल क्या हो! गाँव में बात का बतंगड़ बनते देर नहीं लगती है, बबुआ!" आँसू पोंछते हुए मनोरमा की माँ ने कहा।

"हम मनोरमा से मिलने तो आए नहीं हैं, माँजी! हम तो पिंटू को देखने आए हैं। लेकिन आ गए हैं तो उससे भी मिलना चाहते हैं। आखिर पत्नी है हमारी, एक बार मिलने में क्या हर्ज है?" दीपक ने अपने तर्क के साथ अपनी जरूरी इच्छा जाहिर करने में चूक नहीं की।

"ठीक है, बबुआ! हम कोशिश करेंगे कि आप उससे मिल लें। खाना खाने के बाद उसके पापा बाहर जाते हैं पंचायत भवन में बइठकी करने। जब वो चले जाएँगे, तब मिल लीजिएगा। अब आप आकर परंपरा तोड़ ही दिए हैं, तब मिलने से ही क्या हो जाएगा।" मनोरमा की माँ ने बड़े प्यार से अपने आँसू पोंछते हुए कहा और वहाँ से चली गईं।

"अच्छा माँजी, सुनिए। यह मोबाइल जरा चार्ज में लगा दीजिए।" सास को जाते देखकर उन्हें रोका और अपना मोबाइल और चार्जर उन्हें पकड़ा दिया।

जल्दी-जल्दी में मनोरमा और उसकी माँ ने मिलकर खाना बना लिया। रात के साढ़े सात बज रहे थे और मनोरमा की माँ आँगन में खाना लगाने लगीं।

मनोरमा की माँ ने उसे बता दिया था कि जब पापा बाहर चले जाएँ, तब दीपक से मिल ले। लेकिन मनोरमा से रहा नहीं जा रहा था, वह भी दीपक से मिलना चाह रही थी, लेकिन खाना बनाने के लिए खुद पर काबू कर रही थी। खाना बनकर तैयार हुआ और इधर आँगन में खाने की तैयारी होने लगी तो उधर जल्दी से सबसे नजर बचाकर मनोरमा बैठक में पहुँच गई।

"आप क्यों आए हैं यहाँ? मैंने आपको मना किया था न? गाँव में कोई देखा तो नहीं आपको?" मनोरमा ने फुसफुसाकर पूछा। उसके पूछने में एक गुस्सा भी था।

"अरे शांत हो जाओ, शांत हो जाओ···हमेशा शक और गुस्सा क्यों बैठा रहता है तुम्हारी नाक पर!" दीपक ने मनोरमा के पास जाकर उसके कंधे पर हाथ रखकर बिस्तर पर बिठाते हुए कहा। पति का पहली बार स्पर्श पाकर मनोरमा थोड़ी कसमसाई, लेकिन चुपचाप बैठ गई। दीपक यही तो चाहता था कि वह उसके हाथों को अपने हाथ में लेकर उसकी आँखों-में-आँखें डालकर बात करे, ताकि मनोरमा के पास बात 'न' सुनने का विकल्प ही न हो।

"आपको यहाँ नहीं आना चाहिए था। अभी हमारा गौना नहीं हुआ है।" मनोरमा ने धीरे से कहा और दीपक को गौर से देखने लगी। पति-पत्नी की आँखें मिलीं और प्यार की तरंगें एक-दूसरे की आँखों से होकर उनके दिलों तक पहुँचने लगीं। लेकिन मनोरमा ने जो हठ पकड़ा था, उसे छोड़ा नहीं था।

"आप हमारा फोन क्यों नहीं उठाते हैं? और फोन इतना बिजी क्यों रहता है? कहीं आप···" मनोरमा के मन में पल रहे शक से भरे सवाल बाहर आने लगे।

"अरे यार, मेरा काम ही फोन से होता है। अपने काम के लिए मुझे लोगों से ढेर सारी बातें करनी होती हैं और प्रोजेक्ट के बारे में उनके राय-मशविरे के साथ-ही-साथ उनसे ढेर सारी जानकारियाँ लेनी होती हैं।" दीपक लगभग झल्लाते हुए बोला। उसकी आवाज तेज हो गई थी।

तभी आँगन में खाने पर मनोरमा के पापा आ गए और बैठक से आती दीपक की तेज आवाज को सुनकर उधर की तरफ जाने लगे। मनोरमा की माँ ने उन्हें रोकने की कोशिश की, लेकिन तब तक वे दरवाजे पर पहुँच चुके थे।

"मनोरमा, तुम अपने कमरे में जाओ। दामादजी, यह ठीक बात नहीं है। एक तो बिना बताए आप यहाँ आए हैं और अब ये···ये अधर्म का काम कर रहे हैं आप। गाँव में अब हमारी कोई इज्जत नहीं रहेगी।" मनोरमा के पापा ने कुछ तेज आवाज में यह बात कही।

इतना सुनना था कि दीपक को भी गुस्सा आ गया। उसके मन में यह बात फौरन घर कर गई कि इस परिवार में सब-के-सब शक्की हैं और घर आए मेहमान से ढंग से बात तक नहीं कर रहे हैं। इसलिए मारे गुस्से के उसने अपना बैग उठाया और आँगन में चला आया। आँगन में मनोरमा की माँ और पिंटू खड़े हक्के-बक्के उसे देखने लगे। बिना किसी से कोई बात किए दीपक ने आँगन से होकर बाहरी दरवाजा झटके से खोला और गली में निकल गया। मनोरमा की माँ दरवाजे तक लपककर आई यह कहते हुए कि खाना तो खा लीजिए, लेकिन दीपक ने तो जैसे कुछ सुना ही नहीं। तेज-तेज कदमों से होते हुए वह गाँव से बाहर निकल गया।

दीपक के मन में ससुराल को लेकर जितने भी भ्रम थे, वे सारे-के-सारे पल भर में ही टूट गए। बहुत दुःखी होकर वह वहाँ से निकला था। उसे यह उम्मीद थी कि मनोरमा उसे जाते हुए रोक लेगी, लेकिन सिवाय उसकी सास के किसी ने भी नहीं रोका। वह सोचने लगा कि क्या परंपरा के आगे एक दामाद की इज्जत कुछ भी नहीं!

मनोरमा के गाँव की मुख्य सड़क से मिर्जापुर के लिए तमाम सवारियाँ चलती थीं। जैसे ही वह सड़क पर पहुँचा, एक बस आती दिखी। बस रुकी तो दीपक ने मिर्जापुर पूछा, कंडक्टर ने 'हाँ' कहा तो वह फौरन चढ़ गया। वहाँ से मिर्जापुर ज्यादा दूरी पर नहीं था। घंटे भर की दूरी थी। जैसे ही वह बस के अंदर जाकर एक सीट पर बैठा तो उसे याद आया कि पापा को कॉल कर लेना चाहिए। लेकिन जब जेब में हाथ डाला तो एकदम से सन्न रह गया। उसके जेब में मोबाइल ही नहीं था। पहले तो उसे लगा कि बस में चढ़ते वक्त किसी ने निकाल लिया होगा। लेकिन फिर अचानक याद आया कि उसने तो अपना मोबाइल सासू माँ को दिया था चार्ज में लगाने के लिए। उसे खुद पर बहुत गुस्सा आया कि वह इतनी बड़ी गलती कैसे कर सकता है। जाहिर है,

गुस्से में किसी बात का ध्यान तो रहता नहीं है, इसलिए उसे भी इस बात का ध्यान नहीं आया कि अभी कुछ ही देर पहले उसने अपना मोबाइल चार्ज में लगाने के लिए दिया था।

दीपक को एकबारगी लगा कि वह बस से उतर जाए और वापस जाकर अपना मोबाइल ले आए। लेकिन गुस्सा इतना था कि उसने फैसला कर लिया कि अब वह उस घर के दरवाजे पर तभी जाएगा, जब गौना हो जाएगा। जिस घर में रीति-रिवाज और परंपरा के नाम पर दामाद तक की इज्जत नहीं होती, उस घर में वह दोबारा जाना नहीं चाहता था। उसका मन अपनी बेइज्जती से एकदम से दुःखी हो चुका था, इसलिए उसने मोबाइल वापस लाने के बारे में सोचना ही छोड़ दिया। खुद का दिल बहलाने के लिए सोचने लगा कि अच्छा हुआ, अब न रहेगा मोबाइल, न ही मनोरमा का आएगा फोन।

लेकिन गुस्से में दीपक यह भूल गया कि मनोरमा तो अब उसे भले न परेशान करे, लेकिन उसके मोबाइल पर जो फोन आएँगे, अगर उनको रिसीव करके मनोरमा ने बात करनी शुरू कर दी तो! और उस बातचीत में उसे शक का कोई सिरा मिल गया तो!

□

9

आज के जमाने में मोबाइल से एक पल दूर रहना जहाँ मुश्किल ही नहीं, नामुमकिन-सा हो गया है, वहाँ दीपक का मोबाइल उसके ससुराल में छूट जाना किसी हादसे से कम नहीं था। लेकिन परंपरा की बंदिशों में कुछ इस कदर बँधा हुआ था कि उसे अपना मोबाइल वापस लेने के लिए दोबारा ससुराल जाने में झिझक हो रही थी। ससुराल में जो कुछ हुआ था, उससे भी उसका मन खिन्न हो गया था।

मोबाइल के खो जाने पर लोग बहुत अफसोस जताते हैं, क्योंकि मोबाइल सिर्फ बात करने का माध्यम नहीं है, बल्कि ऑफिस में काम करनेवाले लोगों का आधा काम तो मोबाइल से ही होता है। काम को लेकर कम्युनिकेशन का सबसे बेहतरीन जरिया मोबाइल ही तो है, जिसमें सैकड़ों लोगों के कॉन्टेक्ट के साथ ही कंपनी से संबंधित खूब सारे डाटा भी सेव होते हैं।

लेकिन दीपक के साथ मुश्किलें इससे भी दोगुनी थीं। मनोरमा के हाथ मोबाइल लगने से उसके डाटा का तो नुकसान नहीं होगा, लेकिन अगर उसके प्रोजेक्ट से जुड़ी क्लाइंट्स में से कुछ लड़कियों के फोन जाने लगे और मनोरमा से उनकी बात हो गई तो फिर बहुत मुमकिन है कि मनोरमा का शक पूरी तरह से यकीन में बदल जाएगा। मिर्जापुर स्टेशन की तरफ बढ़ रहे उसके हर कदम पर एक नया सवाल जन्म लेता था कि अब क्या होगा? मगर हर सवाल के साथ एक तसल्ली भी आती थी कि मनोरमा की बार-बार कॉल से उसे मुक्ति तो मिल गई। उसने सोचा कि दिल्ली पहुँचकर सिम ब्लॉक करवाकर नया सिम ले लेगा। लेकिन दीपक को यह पता नहीं था कि अनहोनियाँ इतना लंबा इंतजार नहीं करतीं, बल्कि अकसर अनहोनियाँ हमारी

सोच से आगे-आगे ही चलती हैं।

जब वह मिर्जापुर पहुँचा, तब रात के नौ बजनेवाले थे। अँधेरा अपना साम्राज्य चारों तरफ फैला ही चुका था। बाजार अभी बंद नहीं हुए थे। हालाँकि दस बजते-बजते शहर में एकदम सन्नाटा पसर जाता था। अपने मोहल्ले में जाने से पहले बुझे मन से दीपक एक साइबर कैफे पहुँचा और वहाँ से दिल्ली का टिकट निकलवाया, जो दो दिन बाद का मिला। उसने टिकट का प्रिंट आउट अच्छी तरह से सँभालकर अपने बैग में रखा और फिर वहाँ से वह अपने घर गया। घर पर पापा ही थे, माँ तो थी नहीं। माँ के बिना उसका मन घर में लगता ही नहीं था। लेकिन पापा तो थे ही, इसलिए सोचा कि पापा से मिलना भी हो जाएगा। कितने महीने बाद तो वह दिल्ली से मिर्जापुर लौटा था।

"अचानक क्या बात हो गई दीपक, जो इस तरह बिना बताए आना पड़ा तुम्हें?" दीपक के पापा ने पूछा।

"अरे कुछ नहीं, पापा! वो मनोरमा के भाई का एक्सीडेंट हो गया था, उसे ही देखने आया था।" दीपक ने बताया।

"ओह अच्छा! लेकिन समधीजी ने तो कुछ बताया ही नहीं? कैसे हुआ उसका एक्सीडेंट?" पापा ने पूछा।

"आड़ा-तिरछा बाइक चलाएगा तो होगा ही एक्सीडेंट।" दीपक झल्लाते हुए बोला। उसके पापा समझ गए कि उसका मूड ठीक नहीं है।

"अच्छा, तुम हाथ-मुँह धोकर तैयार हो जाओ। मैं जल्दी से कुछ बनाता हूँ तुम्हारे लिए।" पापा ने कहा और किचन की ओर जाने लगे।

"नहीं पापा, खाना-वाना बाद में बनेगा, मैं खुद बनाऊँगा। आप आराम कीजिए। आपके मोबाइल में मेरे ऑफिस का नंबर है न, वह दे दीजिए।" दीपक ने कहा और अपने कमरे में जाकर बैग अलमारी में रखकर कपड़े बदलने लगा।

दीपक के पापा ने एक कागज पर उसके ऑफिस का नंबर लिखकर उसे दे दिया।

"लेकिन तुम यह नंबर क्यों माँग रहे हो? ऑफिस में सब ठीक तो है न? तुम कुछ परेशान लग रहे हो, बेटा! बताओ क्या बात है?" दीपक के पापा ने

पूछा। तब तक दीपक लोवर और टी-शर्ट में आ चुका था।

"ऑफिस में सब ठीक है पापा, वो मेरा मोबाइल खो गया, इसलिए नंबर लिया। कल कॉल करके बताना होगा कि मोबाइल खो गया है।" दीपक ने बहाना बनाते हुए कहा।

"ओह अच्छा! बात यही है न, या कोई और है? पता नहीं क्यों मुझे लग रहा है कि तुम झूठ बोल रहे हो। तुम झूठ बोलते हो तो सँभाल नहीं पाते हो।" पापा ने कहा।

"क्या पापा! आप भी···कोई बात नहीं है···खैर छोड़िए···अच्छा क्या बनाऊँ खाने में?" दीपक ने बात बदलते हुए कहा।

"तुम्हें जो खाना हो, वो बनाओ। अपनी पसंद का तो हम रोज ही बनाते हैं।" पापा ने कहा।

इतना कहकर वे अपने रूम में चले गए। उन्हें दीपक की बात पर यकीन नहीं हो रहा था। बच्चे चाहे जितना भी झूठ बोल लें, माँ-बाप की वत्सलता भरी निगाहें उन्हें पकड़ ही लेती हैं। पापा समझ तो गए थे कि दीपक कुछ परेशान है, लेकिन वे कुछ बोल भी नहीं सकते थे। बेटा बड़ा हो गया था, अच्छी-खासी जॉब कर रहा था। उसकी शादी हो चुकी थी। वह अपना अच्छा-बुरा समझ सकता था, इसलिए पापा ने ज्यादा जोर देना उचित नहीं समझा।

दीपक ने आलू-टमाटर की सब्जी बनाई और कुछ रोटी भी। पापा को खाने को दिया और खुद भी खाया। पापा ने उस रात अच्छी तरह खाया। उनको दीपक का बनाया खाना ज्यादा अच्छा लग रहा था। वैसे तो वो रोज ही बनाते थे, लेकिन दीपक के हाथों से बनाए उस खाने में रोज के मुकाबले ज्यादा स्वाद था। जिस तरह बच्चों को अपने माँ-बाप के हाथों से बना खाना स्वादिष्ट लगता है, उसी तरह माँ-बाप को भी अपने बच्चों के हाथों से बने खाने में बहुत स्वाद आता है। यह अलग बात है कि कुछ माँ-बाप इस बात को जाहिर नहीं करते। कुछ वैसा ही दीपक के पापा भी महसूस कर रहे थे, लेकिन कुछ जाहिर नहीं कर रहे थे।

"पापा, किसी को खाना बनाने के लिए रख क्यों नहीं लेते हैं?" दीपक ने पूछा।

"अरे नहीं बेटा, इसकी जरूरत मुझे नहीं है अभी। मैं तो तुम्हारे गौने का इंतजार कर रहा हूँ कि मेरी बहू आ जाए इस घर में, फिर मैं उसी के हाथ का खाना खाकर तृप्त हो जाऊँगा।" पापा ने कहा तो दीपक शरमा गया।

"लेकिन पापा, अगर वह दिल्ली जाने के लिए जिद करने लगी तो?" दीपक ने अपने पापा को छेड़ा।

"अरे, तू यह क्यों नहीं कहता कि तू ही उसे दिल्ली ले जाने के लिए लालायित है।" पापा ने ईंट का जवाब पत्थर से दिया।

इस जवाब के साथ ही दीपक का चेहरा शरम से गुलाबी हो गया। ऐसे मामले में पिता को छेड़ना खतरे से खाली नहीं होता है, जिसका अनुभव एक पिता बहुत पहले ही कर चुका होता है। इसलिए दीपक समझ गया कि अपने पापा को इस मसले पर छेड़ना तो कम-से-कम उसके वश की बात ही नहीं थी। इसलिए दोनों के बीच में एक खामोशी छा गई, गहरी खामोशी। उसके बाद फिर किसी ने न कोई सवाल किया और न ही आगे कोई बात की। खाना खाने के बाद पापा सोने चले गए। उन्हें तो नींद आ गई, लेकिन दीपक की आँखों से नींद गायब थी। दीपक बहुत देर तक जागा रहा।

रात पूरी तरह से गहरा गई थी। आधी रात का वह पहर था, जिसमें सन्नाटों का साम्राज्य कायम होता है। सन्नाटे किसी अपने की बारात में झूम रहे थे। लेकिन वहीं दूसरी तरफ दीपक के भीतर की खामोशी भी शोर कर रही थी और उसकी नींद में खलल डाल रही थी। उसने कई बार यूँ ही आँखें बंद करके सोने की कोशिश भी की, लेकिन बार-बार मनोरमा के पापा का तेज आवाज में बात करना याद आता और उसकी आँख खुल जाती। रह-रहकर मनोरमा का चेहरा भी याद आता, जिसे उसने पहली बार गौर से देखा था। दीपक ने उस एक लम्हे की मुलाकात में ही महसूस किया था कि मनोरमा के मन में दीपक को लेकर असुरक्षा की भावना पनप रही थी, इसलिए वह हर बात पर शक करती थी। उसे याद आया, जैसे ही उसने मनोरमा का हाथ अपने हाथ में लिया, वैसे ही मनोरमा के लहजे में नरमी आ गई थी। उस हसीन लम्हे को याद करके दीपक मुस्करा उठा और उसने महसूस किया कि अगर मनोरमा के दिल में प्यार की अलख जगा दी जाए तो शायद उसका शक्की

मिजाज बहुत जल्द ही खत्म हो जाए। लेकिन इसके लिए तो जरूरी है कि पहले उसका गौना हो और उसकी दुल्हन उसके पास आए।

दुल्हन नहीं आई। सारे मसले की जड़ इन तीन शब्दों में ही है।

गौना जैसी परंपरा के चलते न जाने कितने युवा लड़कों की शादियाँ तो हो जाती होंगी, लेकिन उनकी दुल्हनें नहीं आती होंगी और फिर शुरू होता होगा लड़का-लड़की के बीच कम्युनिकेशन गैप से उपजा लड़ाई-झगड़े से भरपूर एक नाटक, जो कभी-कभार बहुत ही खतरनाक रूप भी ले लेता होगा। दरअसल यह परंपरा उन लोगों के लिए बनाई गई थी, जो बालिग नहीं होते हैं, यानी नाबालिगों की शादी करके उन्हें रिश्ते में बाँध देने की मजबूरी हो तो उनकी शादी करके उन्हें बंधन में डाल दो, मगर विदाई मत करो। उदाहरण के लिए, अगर लड़के की उम्र 15-16 साल है और लड़की की उम्र 13-14 साल है और घरवाले अगर इन दोनों की शादी कर देते हैं तो जाहिर है कि इन दोनों के शरीर अभी मिलन के लिए तैयार नहीं होंगे। ऐसे में शादी तो हो जाएगी, लेकिन विदाई नहीं होगी और विदाई के लिए कुछ साल बाद यानी गौने तक का इंतजार करना होगा। इसलिए बड़े-बुजुर्गों ने इसके उपाय के रूप में एक परंपरा ही बना दी कि कम-से-कम इनके शारीरिक संबंध बनाने की उम्र हो जाए, तब कहीं जाकर इनका गौना किया जाए—गौना यानी लड़की की विदाई। बस यहीं से यह परंपरा शुरू हुई जान पड़ती है। लेकिन बुजुर्गों ने यह नहीं सोचा था कि यह परंपरा ऐसी मान्यता का रूप धारण कर लेगी कि जिसमें बालिग युवाओं की शादी के बाद भी लोग गौने की परंपरा निबाहेंगे, भले ही उन युवाओं की उम्र 20 पार हो और शारीरिक मिलन के लिए पूरी तरह से तैयार हो। अब ऐसे में शरीर की अपनी तड़प का तकाजा ही है कि वह अपने साथी से मिलने के लिए बेकरार होने की सूरत में वह उससे बार-बार बात करना चाहे और उस बातचीत में जरा कहीं भी कोई ऐसा सिरा नजर आए कि उसका साथी उससे बात न करके किसी और के साथ बात कर रहा है, तब तो फिर झगड़े की नौबत बन ही आती है।

दीपक और मनोरमा के मामले में यही हो रहा था। दोनों बालिग होकर भी पुरातन परंपराओं के इस कदर शिकार थे कि उन्हें अपने रिश्ते की मर्यादा का

उल्लंघन करने में भी हिचक नहीं होती थी और दोनों झगड़ पड़ते थे। हालाँकि उनका बंधन मजबूत था, जिसके टूटने की संभावना दूर-दूर तक नहीं थी। लेकिन बंधन का क्या है, जरा सा ठेस लगते ही मजबूत-से-मजबूत रिश्ता भी मोतियों की माला की तरह टूटकर बिखर जाता है। इसलिए जरूरत इस बात की होती है कि माला की धागा मजबूत हो। और यह धागा थे उन दोनों के अपने परिवार, जिससे वे पूरी तरह से गुँथे हुए थे।

रात के दो बज रहे थे, लेकिन दीपक की आँखों में अब भी नींद नहीं थी। बड़ी कोशिशों के बाद जब नींद नहीं आई तो वह छत पर चला गया और अँधेरी रात में टिमटिमाते तारों को देखने लगा। कुछ देर यूँ ही छत पर बैठे रहने के बाद उसके मिजाज में कुछ हलकापन महसूस हुआ तो वह नीचे उतर आया और पानी पीकर सोने की कोशिश करने लगा।

नींद तो नहीं आई, लेकिन आँखें बंद हुईं तो एक दृश्य उसके सामने किसी फिल्म की तरह चलने लगा। कुछ दिनों पहले जाकर एक खूबसूरत फ्लैशबैक में उसने देखा, सलोमी और गुरप्रीत कैंटीन में बैठी हुई हैं और वह उन दोनों के लिए नाश्ता ऑर्डर करने जा रहा है।

"सलोमी मैम, क्या खाएँगी आप?" दीपक ने पूछा।

"यार दीपक, इस कैंटीन का खाते-खाते मैं थक गई हूँ। रोज एक तरह की चीजें ही यहाँ बनती हैं। और तुम तो जान ही गए हो इतने दिन में कि मुझे रोज कुछ नया खाने की आदत है।" सलोमी ने बड़ी ही नजाकत से कहा।

"हाँ, वो तो है, लेकिन अब यहाँ कोई ऑप्शन भी तो नहीं है।" दीपक ने कहा।

"क्यों नहीं है ऑप्शन! मेरे रहते हुए खाने के लिए आप लोग ऑप्शन की बात कर रहे हैं!" गुरप्रीत ने कहा।

दीपक और सलोमी दोनों को उसकी बात एक पल के लिए समझ में नहीं आई। दोनों गुरप्रीत की ओर देखने लगे तो वह एक कुटिल अंदाज में मुस्कराने लगी।

"अरे, ऐसे मत देखिए आप लोग। आज मैं तीन तरह के पराँठे बनाकर लाई हूँ। साथ में अचार और दही भी है।" गुरप्रीत ने कहा।

"अरे वाह!" सलोमी और दीपक दोनों के मुँह से एक साथ निकला।

"जी सलोमी मैम! मैं कई दिन से देख रही थी कि आप लोग कैंटीन में नाश्ता वगैरह करते हैं और अकसर यही बात करते हैं कि एक ही चीज तो मिलती है यहाँ। तो मैंने कल सोचा कि आज आप सबके लिए पराँठे बनाकर ले आऊँगी।" गुरप्रीत ने कहा और पंजाबियत अंदाज में हँसने लगी।

"अरे, तो कहाँ हैं वे पराँठे? लाओ भई, जल्दी। अब तो मुझसे सब्र बिल्कुल नहीं होगा। दिल्ली में पंजाब जैसे पराँठे मिलते ही कहाँ हैं यार!" सलोमी ने चहकते हुए कहा।

"अभी नहीं मैम, मैं घनश्यामजी का वेट कर रही हूँ।" गुरप्रीत ने रोमानी अंदाज में मुस्कराते हुए कहा।

"ओए होए···घंटू का वेट हो रहा है! और हम जो यहाँ सदियों से बैठे हैं, उनका क्या?" यह कहकर सलोमी जोर-जोर से हँसने लगी। दीपक भी सलोमी का साथ देने लगा, लेकिन सिर्फ मुस्कराकर।

दीपक की समझ से यह बाहर की बात थी कि गुरप्रीत आखिर घंटू का वेट क्यों कर रही है! उसके लिए अबूझ पहेली ही थी, क्योंकि घंटू को गुरप्रीत से मिले अभी कुछ ही दिन हुए थे। और इतने ही दिनों में गुरप्रीत अगर घंटू का इंतजार करने लगी थी तो यह बात उसको कुछ हजम नहीं हो रही थी। लेकिन दीपक ने अपने चेहरे से यह बात जाहिर नहीं होने दी कि उसके मन में घंटू और गुरप्रीत को लेकर क्या चल रहा था। वैसे भी दीपक को गुरप्रीत में कोई इंटरेस्ट नहीं था, लेकिन घंटू का इंटरेस्ट गुरप्रीत में किस तरह का था, यह जानने की उत्सुकता उसमें पलने लगी थी। लेकिन यह उत्सुकता बस उसके मन के किसी कोने में ही दर्ज हो रही थी।

अभी सलोमी और दीपक के मन में घंटू और गुरप्रीत को लेकर खींचतान चल ही रही थी कि तभी घंटू मुस्कराता हुआ, लहराता हुआ, बलखाता हुआ कैंटीन में हाजिर हुआ।

"बड़ी लंबी उमर है घंटू तुम्हारी। अभी तुम्हारी ही बात हो रही थी।" सलोमी ने कहा और मुस्कराने लगी।

"मेरी बात हो रही थी? मैं कुछ समझा नहीं।" घंटू ने चौंकते हुए कहा।

"अरे, तुम्हारे लिए पराँठे बनकर आ रहे हैं पंजाब से।" सलोमी ने चुटकी ली।

"अरे वाह! कौन ला रहा है?" घंटू ने आश्चर्य में पूछा।

"ला नहीं रहा, ला चुकी है।" गुरप्रीत की तरफ इशारा करते हुए दीपक ने कहा।

"ला चुकी है, मतलब?" घंटू अभी तक कुछ समझ नहीं पाया था।

"क्या बेबी गुरप्रीत! तुम इसके लिए पराँठे बनाकर लाई हो और इसको कुछ पता ही नहीं है! ऐसे कैसे चलेगा, बेबी?" सलोमी ने मजाकिया अंदाज में कहा।

"अरे मैम, आप लोग क्या बात कर रहे हो, मुझे समझ में नहीं आ रहा है। मैंने तो बस इतना कहा कि घनश्याम आ जाएँ तो सब मिलकर खाएँगे।" गुरप्रीत ने कहा। वह बड़ी देर से सशंकित होकर सलोमी और दीपक की बातें सुन रही थी।

"अरे, कुछ नहीं यार, हम सब मजे ले रहे थे तुम्हारे। वह गुरप्रीत आज पराँठा लाई है तो हम तुम्हारा वेट कर रहे थे।" दीपक ने बात को दूसरी तरफ मोड़ते हुए कहा, क्योंकि वह उस वक्त नहीं चाहता था कि गुरप्रीत अनकंफर्टेबल महसूस करे। वैसे भी वह पंजाबी लड़की थी और उसे शरम या झिझक नहीं आती थी। लेकिन प्यार-मोहब्बत या चक्कर-वक्कर के मामले में बिंदास आदमी भी एक बार को शरमा जाता है।

"अरे वाह! तो गुरप्रीत, जल्दी लाओ पराँठा, अब तो भूख तेज होने लगी है।" घंटू ने हँसते हुए कहा। उसके हँसने से लगा कि माहौल में हलकापन आ गया है। गुरप्रीत भी मुस्कराने लगी और मुस्कराते हुए ही उठकर अपने वार्ड में गई, जहाँ उसका बैग रखा हुआ था।

थोड़ी ही देर में वह लौटी तो उसके हाथ में बड़ा सा टिफिन था। सब मिलकर चाव से पराँठे खाने लगे और एक-दूसरे से बातें करने लगे।

दीपक उस लम्हे को बहुत गहराई से महसूस कर रहा था। उसे मजा भी आ रहा था और अच्छा भी लग रहा था। उसे अच्छा लग रहा था कि वह अमन सर की सेवा में लगा हुआ है, उनकी बीवी सलोमी की मदद कर रहा

है। और मजा इसलिए आ रहा था, क्योंकि वह सलोमी के बिंदास व्यवहार और गुरप्रीत की मासूमियत के बीच मनोरमा के टॉर्चर को भूल जाता था। यही वह खास बात थी, जो उसे अच्छी लगती थी और इसी में वह सुकून पाता था।

दीपक अब उस खूबसूरत फ्लैशबैक से बाहर आ चुका था। नींद तो क्या ही आनी थी, लेकिन उसे सुकून बहुत मिल रहा था। कुछ दिन पहले बीते उस खूबसूरत लम्हे को वह जैसे अभी-अभी जी रहा था और शायद ऐसे ही जीना भी चाहता था कि शायद इसी तरह जीने में उसे सुकून मिल सके।

इनसान की जिंदगी में सुकून बहुत बड़ी चीज होती है। जिन लोगों को शादीशुदा जिंदगी में सुकून मिल गया, उनकी जिंदगी तो जैसे गुलजार ही हो गई समझिए। लेकिन जिन लोगों के शादीशुदा रिश्ते में ऊँच-नीच हो गई तो जिंदगी एक नरक ही समझिए। दीपक यही नहीं चाहता था और इसलिए वह मनोरमा को एक बार मिलकर समझाना चाहता था कि वह शादीशुदा जिंदगी को नरक न बनाए। लेकिन उसके बने-बनाए प्लान पर मनोरमा के घरवालों ने पानी ही फेर दिया। बस यही सब सोच-सोचकर उसको नींद नहीं आ रही थी। मसला यह था कि जिस संस्कार के बीच वह पला-बढ़ा था, उसमें शादी हो जाने के बाद शादी तोड़ने के बारे में सोचना भी महापाप की श्रेणी में आता है, इसलिए यह विकल्प तो फिलहाल दीपक के पास नहीं था, इसलिए वह चाहता था कि इस विकल्पहीनता को ही वह खत्म कर अपनी शादीशुदा जिंदगी को बेहतरीन बनाए। लेकिन उसे इंतजार करना था गौना होने का।

खैर, किसी तरह चार बजते-बजते दीपक को नींद आ गई और सुबह बारह बजे तक सोता रहा। जब सोकर उठा तो एक नए तरह का अहसास उसको महसूस हुआ। मनोरमा के कॉल का टॉर्चर नहीं था, उसका शक नहीं था, उसकी तीखी बातें नहीं थीं, उसका बेवजह का गुस्सा नहीं था, और सबसे बढ़कर उसे लगा कि वह फोन की दुनिया से आजाद है। मोबाइल को भले ही आजादी के रूप में देखा जाए, लेकिन वह एक तरह से मशीनी गुलामी का ही प्रतीक है। जब तक उसके पास मोबाइल नहीं रहेगा, तब तक वह बिल्कुल

आजाद था। न किसी प्रोजेक्ट की टेंशन थी और न ही किसी क्लाइंट से फोन पर कोई शिकायत सुनने की टेंशन थी। दीपक ने इरादा कर लिया कि अब वह बिंदास दो दिन तक खाएगा और सोएगा।

लेकिन जिंदगी इतनी आसान होती तो क्या ही कहने। अभी यह खयाल पल ही रहा था कि दो दिन आराम करेगा, तभी उसे एक और खयाल आकर परेशान करने लगा कि ऐसे कैसे आराम करोगे? दो दिन बाद जब दिल्ली जाओगे और इन दो दिनों में तुम्हारे मोबाइल पर जो फोन आएँगे, जिनको रिसीव करके मनोरमा जवाब देगी, उसका क्या? बस इस खतरनाक खयाल के आते ही उसका आराम करने का इरादा कहीं काफूर हो गया। फिर भी उसने सोचा कि अब जो होगा, देखा जाएगा।

फिलहाल तो दो दिन तक दीपक को चकल्लस काटना ही होगा। दो दिन तक अपने घर पर रहकर दीपक दिल्ली के लिए रवाना हो गया। दीपक अभी दिल्ली पहुँचने के रास्ते में ही था कि उधर मनोरमा के घर में अजब ड्रामा शुरू हो चुका था। दीपक जब तक अपना सिम ब्लॉक करवाता, तब तक पूरा गुड़ ही गोबर हो चुका था। दरअसल दीपक के मोबाइल पर जिसका फोन आता तो मनोरमा फौरन उठा लेती और बात करने लगती। दीपक मार्केटिंग एक्जीक्यूटिव था तो जाहिर है कि उसके मोबाइल पर ढेर सारे क्लाइंट के फोन आने स्वाभाविक ही थे। उसमें कुछ लड़कियाँ भी थीं, जो अपनी कंपनी के प्रोजेक्ट से जुड़े मामलों की डीलिंग करती थीं। मनोरमा उन लड़कियों की आवाज सुनते ही चिढ़ जाती और अंग्रेजी सुनकर तो उन्हें गुस्से में न जाने कौन-कौन सी गाली भी देती।

उधर दीपक अपने घर पर आराम करने की सोच रहा था, हालाँकि उसे अमन सर, सलोमी, गुरप्रीत और घंटू सब याद आ रहे थे। लेकिन उसने घंटू को बोल ही रखा था कि वह रोज अस्पताल जाया करे। इसलिए घंटू को एक बेहतरीन मौका मिल गया था गुरप्रीत से बात करने का। और एक दिन कैंटीन में दोनों बैठे थे।

"गुरप्रीतजी, एक बात पूछूँ?" घंटू ने कहा।

"जी घंटूजी, पूछिए।" गुरप्रीत ने कहा।

"अमूमन पंजाबी लड़कियाँ आपकी जैसी नहीं होतीं, मैंने फिल्मों में देखा है।" घंटू ने कहा।

"मैं फिल्मी नहीं हूँ···हा हा हा···" इतना कहकर गुरप्रीत जोर से हँस दी।

"अरे, मेरा मतलब यह नहीं था। मैं तो शादी···" घंटू बोलते-बोलते रुक गया।

"शादी मतलब?" गुरप्रीत ने पूछा।

"शादी नहीं शायद···शायद आप पंजाब में कम रही हैं।" घंटू ने बात बदलते हुए कहा।

"हाँ, यह बात सच है। मेरा बर्थ पंजाब में हुआ था, लेकिन कुछ साल बाद पापा-मम्मी दिल्ली चले आए। बाकी मेरी सब पढ़ाई-लिखाई यहीं हुई है।" गुरप्रीत ने बताया।

"वैसे आपका कोई बॉयफ्रेंड···है···क्या?" घंटू ने अटकते हुए पूछा।

"यह सवाल है या ऑफर? हा हा हा हा···" इतना कहकर फिर गुरप्रीत हँसने लगी। घंटू बुरी तरह से झेंप गया।

"अरे, मेरा मतलब है, किसी लड़के से दोस्ती···" घंटू इतना ही कह पाया था कि गुरप्रीत बात काटकर बोल पड़ी।

"क्यों आप फ्रेंड नहीं हैं मेरे···घंटू···जी?" गुरप्रीत यह पूछकर एक मासूम अदा के साथ घंटू की ओर देखने लगी।

"हँ···हँ···हाँ वो···वो तो है···पर···बॉयफ्रेंड···" घंटू अपने ही शब्दों में उलझ रहा था।

"देखिए घंटूजी···सिंपल बात है। अगर लड़का फ्रेंड अच्छा हो तो उसे बॉयफ्रेंड बनने में देर नहीं लगती।" गुरप्रीत ने मुस्कराते हुए कहा।

"हाँ, वो तो है।" घंटू के पास अब कोई जवाब नहीं था, क्योंकि उसके सवाल का जवाब उसे मिल गया था कि घंटू पहले एक अच्छा फ्रेंड बने, फिर तो वह बॉयफ्रेंड बन ही जाएगा।

इस तरह से रोज ही गुरप्रीत और घंटू अस्पताल में मिलने लगे। सलोमी इस बात को ऑब्जर्व भी कर रही थी कि दोनों के बीच की केमिस्ट्री अच्छी थी, इसलिए उन दोनों को ज्यादा-से-ज्यादा टाइम देती थी, ताकि वे एक-

दूसरे से खूब बात कर सकें। इसका नतीजा यह हुआ कि महज दो-तीन दिन ही में गुरप्रीत और घंटू गर्लफ्रेंड-बॉयफ्रेंड बन गए।

उधर दो दिन से मनोरमा ने एक पल के लिए भी दीपक के मोबाइल से दूरी नहीं बनाई थी। यहाँ तक कि बाथरूम में भी लेकर घुस जाती कि पता नहीं किस लड़की का फोन आ जाए और दीपक के चक्कर-वक्कर के बारे में कुछ पता चल जाए। सलोमी ने भी कई बार दीपक के मोबाइल पर फोन किया अपने कुछ जरूरी काम के लिए और अपना नाम बताते हुए कहा कि मैं सलोमी बोल रही हूँ, दीपक से बात कराओ, लेकिन मनोरमा हर बार 'सलोमी' नाम सुनकर फोन काट देती थी। मनोरमा को सलोमी का नाम याद ही हो गया था और जब भी फोन आता तो वह रोने लगती थी, क्योंकि मोबाइल स्क्रीन पर सलोमी नाम फ्लैश करता था। बाकी क्लाइंट्स के फोन तो अननॉन नंबरों से ही आते थे।

मनोरमा की माँ बार-बार उसको मोबाइल चेक करते हुए देखती तो झल्ला जाती थी। लेकिन मनोरमा ने माँ को मोबाइल छूटनेवाली बात नहीं बताई। माँ को मोबाइल से मतलब तो होता नहीं था, इसलिए उसे कुछ समझ में ही नहीं आया कि मामला क्या था।

इधर सुबह सात बजे के करीब ट्रेन दिल्ली जंक्शन पर पहुँच रही थी और उधर मनोरमा का रोना-धोना शुरू हो गया। मनोरमा ने सबसे पहले अपने पापा को दीपक के मोबाइल छूट जाने और उस पर बार-बार लड़कियों के फोन आने की बात बताई। दीपक का मोबाइल भी दिखाया। उसके पापा को भी अपनी बेटी की बातों पर ही यकीन करना था तो करना था। उसके बाद माँ को तो पता चलना ही था।

"देखिए न पापाजी, यह उनका मोबाइल है। इस पर पता नहीं कैसी-कैसी लड़कियों के फोन आ रहे हैं।" यह कहकर मनोरमा रोने लगी और मोबाइल पापा के हाथ में पकड़ा दिया।

"अरे, यह छोड़कर चला गया क्या, दीपक ?" पापा ने हाथ में मोबाइल लेते हुए कहा।

"हाँ, गुस्से में गए होंगे तो जल्दी-जल्दी में यह यहीं छूट गया, जब चार्ज में लगाया था।" मनोरमा ने सिसकी लेते हुए कहा।

“अरे, तो उसके ऑफिस के लोगों का फोन आ रहा होगा।” पापा ने कहा और मोबाइल उसके हाथ में वापस दे दिया।

“नहीं पापा, कई लड़कियों के फोन आए थे, जो उनके ऑफिस में काम नहीं करती हैं। मैंने पूछा था उनसे। वे अंग्रेजी में पता नहीं क्या-क्या बोल रही थीं।” मनोरमा ने कहा।

“दिल्ली में लड़कियाँ अंग्रेजी तो बोलती ही हैं।” पापा ने समझाने की कोशिश की।

“नहीं पापा, मुझे शक है कि इन लड़कियों से उनका कोई चक्कर है और वे हमसे छुपाने के लिए अंग्रेजी बोल रही हैं, ताकि हम उनकी बात समझ न पाएँ। मैं जब भी उनको फोन करती थी तो इनका फोन बिजी जाता था। हो सकता है कि ये इन्हीं लड़कियों से बतियाते हों।” मनोरमा यह कहकर रोने लगी।

“देखिए जी, बात अँगरेजी-फंगरेजी की नहीं है। बात ई है कि उसके मोबाइल पर दिन भर लड़कियों का फोन आता है। अब ई बात तो ठीक नहीं है न, तो इसका पता लगाना ही चाहिए कि आखिर सच बात क्या है।” मनोरमा की माँ ने उसके पापा को लगभग हड़काते हुए कहा।

“अच्छा···अगर ऐसी बात है तो मैं अभी समधीजी से बात करता हूँ।” इतना कहकर पापा घर से निकलने लगे।

“समधीजी भी तो अपने ही बेटे की ही बात मानेंगे न! मैं तो कहती हूँ कि हम लोगों को दिल्ली जाकर अपनी आँखों से सारा हाल देखना चाहिए।” मनोरमा की माँ ने एक नए ड्रामे की बुनियाद रख दी।

“माँ, तुम सही कह रही हो। मुझे भी लगता है कि हमको उन्हें रँगे हाथों पकड़ना चाहिए।” कहकर मनोरमा रोने लगी।

“अच्छा ठीक है मनोरमा, तू रो मत। पहले मैं समधीजी से बात कर लेता हूँ, फिर उनको भी साथ लेकर चलेंगे, ताकि वो भी अपने बेटे की कारस्तानी देख लें।” मनोरमा के पापा ने कहा और मनोरमा के हाथ से मोबाइल लेकर दीपक के पापा से मिलने के लिए घर से निकल गए।

□

10

मनोरमा के पापा रामप्रवेश ने झट से मोटरसाइकिल निकाली और दीपक के पापा सतीशचंद्र से मिलने उनके घर मिर्जापुर जाने के लिए अपने गाँव से मुख्य सड़क पर आ गए। मोटरसाइकिल तेज रफ्तार से मिर्जापुर की तरफ भागने लगी। रास्ते भर उनके मन में मनोरमा की बातों को लेकर सवाल उठ रहे थे कि दामादजी ऐसा कैसे कर सकते हैं? और अगर ऐसा करते तो वे दिल्ली से यहाँ क्यों आए होते मनोरमा के भाई को देखने या फिर मनोरमा से मिलने? और बात मनोरमा और उसकी माँ की भी सही थी कि दिल्ली जाकर जरूर देखना चाहिए कि सच्चाई क्या है? यही सब खुद से सोचते-समझते हुए दीपक के घर के सामने पहुँचकर मोटरसाइकिल एक झटके में रोक दी और उसे लॉक करके दीपक के घर का दरवाजा जोर-जोर से खटखटाने लगे। उस खटखटाहट में एक दबा हुआ-सा गुस्सा झलक रहा था। दरवाजा दीपक के पापा ने खोला।

"अरे समधीजी आप, इतनी सुबह! सब कुशल-मंगल है न? आइए, भीतर आइए।" दीपक के पापा ने उन्हें अंदर बुलाकर स्वागत करते हुए कहा।

"कुशल-मंगल तो है समधीजी, लेकिन बहुत-कुछ ठीक नहीं लग रहा है।" मनोरमा के पापा ने दुःखी मन से कहा।

"क्या ठीक नहीं है, समधीजी? जरा खुलकर बताएँगे तो शायद बात समझ में आए।" दीपक के पापा ने पानी के मग-गिलास के साथ बिस्कुट की तश्तरी रखते हुए पूछा।

"क्या बताएँ समधीजी''कहते हुए मुझे लज्जा आ रही है।" मनोरमा के पापा ने दुःखी माहौल बना दिया, जिसमें दीपक के पापा का फँसना एकदम

लाजिमी था।

"हम दोनों समधी से पहले दोस्त भी हैं, इसलिए बिना किसी संकोच के बताइए कि आखिर किस बात से आप परेशान हैं?" दीपक के पापा ने बड़े ही प्यार से पूछा।

"दीपक आए थे···दो दिन पहले···हमारे घर पर···" मनोरमा के पापा ने रुक-रुककर बताया।

"अरे हाँ! वह आपके बेटे के एक्सीडेंट की खबर पाकर आया था। कल रात दिल्ली गया है, पहुँच भी गया होगा वो तो।" दीपक के पापा ने ऐसे बताया, जैसे कोई अचंभेवाली बात ही न हो।

"लेकिन समधीजी, बात वह नहीं है, जो आप समझ रहे हैं।" मनोरमा के पापा ने कहा।

"तो फिर बात क्या है, जिससे आप परेशान हैं। खुलकर बताइए।" दीपक के पापा ने पूछा। अब वे भी कुछ परेशान होने लगे थे कि आखिर क्या बात है, जो उनके समधीजी इतने दुःखी हैं।

"दामादजी का मोबाइल मनोरमा के पास ही छूट गया है। उस पर तमाम लड़कियों के फोन आ रहे हैं। मनोरमा रो रही है कि दीपक का कहीं कोई चक्कर चल रहा है।" मनोरमा के पापा ने परेशानीवाली बात बता दी।

"यह तो दीपक पर आरोप हो गया समधीजी! हम कैसे मान लें कि उसका चक्कर-वक्कर है? वह एक बड़ी कंपनी में काम करता है, जहाँ लड़के-लड़कियाँ सभी काम करते हैं। उसका मोबाइल छूट गया है तो उसके साथी कर्मचारी फोन कर रहे होंगे।" दीपक के पापा ने कुछ गुस्सा और कुछ दुःख के साथ कहा।

"यह बात तो हमने भी मनोरमा और उसकी माँ से कही थी, लेकिन वे दोनों मानती ही नहीं हैं। मनोरमा ने कुछ लड़कियों से बात भी की, जिससे उसे चक्कर-वक्कर का शक हुआ।" मनोरमा के पापा ने बताया।

"जो भी हो समधीजी, लेकिन यह बात मुझे दुःखी कर रही है।" दीपक के पापा ने दुःख जताते हुए कहा।

"तो फिर आप ही बताएँ कि हम क्या करें? अभी इनका गौना भी नहीं

हुआ है और वह मेरे घर आ गया। गाँव भर में मेरी थू-थू तो हो ही जाएगी न समधीजी!" मनोरमा के पापा ने भी इमोशनल चाल चल दी।

"लेकिन वो तो आपके बेटे को देखने आया था न?" दीपक के पापा ने कहा।

"जो भी हो समधीजी, लेकिन उसने घर आने के बाद मनोरमा से और मुझसे बहस भी की थी। मुझे उसका व्यवहार कुछ ठीक नहीं लगा था।" मनोरमा के पापा ने कहा।

"अब मुझे तो कुछ सूझ ही नहीं रहा है। उसके ऑफिस का नंबर है। दस बजे के बाद जब दीपक ऑफिस पहुँच जाएगा, तब उससे मैं बात करूँगा। सब पूछूँगा उससे। आप घर जाइए, मैं उससे बात करके आपको कॉल कर दूँगा।" दीपक के पापा ने कहा।

मनोरमा के पापा वहाँ से सीधे अपने घर चले गए।

इधर दीपक के पापा बहुत दुःखी और परेशान हो गए। अगर समधी की बात सही थी तो उन्हें दीपक से ऐसे व्यवहार की उम्मीद नहीं थी। लेकिन अगर दीपक सही हुआ तो फिर वे क्या प्रतिक्रिया देंगे, इसके बारे में उन्होंने कुछ सोचा ही नहीं।

उधर दिल्ली पहुँचने के बाद दीपक इस तरह से काम में बिजी हो गया कि उसे याद ही नहीं रहा कि सिम भी ब्लॉक करवाना है। हालाँकि एक बार उसे यह भी खयाल आया कि जाने दो, क्यों सिम ब्लॉक करवाना! पापा से बोल देगा कि मोबाइल लेकर रख लें। दूसरी बात यह कि उसके ऑफिस में उसके पापा ने फोन करके उससे बात कर ही ली थी, लेकिन दीपक ने सारे आरोपों से इनकार कर दिया था। हालाँकि मनोरमा द्वारा परेशान करने को उसने अपने पापा से छुपा लिया। वह नहीं चाहता था कि उसकी पत्नी मनोरमा के बारे में कोई भला-बुरा सोचे। वह तो चाहता था कि गौने के बाद मनोरमा को सारे हालात के बारे में बताकर सब स्पष्ट कर देगा और उसकी सारी शिकायतों को दूर कर देगा।

इस बीच दीपक के पापा ने उसके दोस्त घंटू को भी कॉल करके सब हाल जानने की कोशिश की थी। लेकिन घंटू ने दोस्ती का फर्ज निभाते हुए

उनसे कुछ भी नहीं बताया और दीपक पर लग रहे आरोपों को झूठा बताया। घंटू की बात से दीपक के पापा को थोड़ा विश्वास तो अपने बेटे पर बढ़ गया, लेकिन वे चाहते थे कि वही विश्वास रामप्रवेश का परिवार भी दीपक पर करे। इसलिए दिल्ली पहुँचकर वे दूध-का-दूध और पानी-का-पानी करना चाहते थे।

दीपक ने कंपनी पहुँचकर सबसे पहले अपने बॉस को अपने मोबाइल के घर छूट जाने के बारे में बताया तो उसे तुरंत कंपनी ने एक मोबाइल दिया, जिसमें कंपनी का सिम भी था। कई कर्मचारियों को सुविधाएँ दी जाती थीं उस कंपनी में, लेकिन दीपक उन्हें लेने से इनकार कर दिया करता था। लेकिन अब इनकार करने की कोई वजह भी नहीं थी, इसलिए वह जल्दी से नए मोबाइल से अपने सारे चल रहे प्रोजेक्ट से जुड़े लोगों का नंबर कंप्यूटर से निकालकर कॉल करके स्टेटस बताने लगा। वह काम के अपने पुराने ढर्रे पर आकर व्यस्त हो गया। दीपक ने अपने पापा और घंटू को भी वह नया नंबर दे दिया, ताकि कभी कोई जरूरत पड़ने पर वे कॉल कर लें।

लेकिन मिर्जापुर से दिल्ली बहुत दूर थी। केवल भौगोलिक दूरी ही नहीं, बल्कि संवाद के स्तर पर होनेवाली दूरी भी थी। मिर्जापुर में उसके घर पर और उसकी ससुराल में क्या-कुछ घट रहा था, उन सबसे दीपक पूरी तरह से अनजान था।

मनोरमा के पापा रामप्रवेश की सारी शिकायतों को समझने के बाद दीपक के पापा ने भी यही सोचा कि एक बार दिल्ली जाकर दीपक से मिलना चाहिए और सारी गलतफहमियों को दूर करना चाहिए। क्योंकि अगर गलतफहमियाँ दूर नहीं होंगी तो दो परिवारों के बीच मनमुटाव की हालत बनी रहेगी और यह सामाजिक समरसता के लिए कहीं भी ठीक नहीं होगी।

अगले ही दिन दीपक के पापा सतीशचंद्र, मनोरमा के माँ-पापा और जिद करके खुद मनोरमा भी दिल्ली जानेवाली ट्रेन में बैठ गए। सब जनरल का टिकट लेकर जनरल डिब्बे में किसी तरह बैठकर दिल्ली जा रहे थे। दिल्ली की उस यात्रा में बहुत परेशानियाँ आईं। लेकिन वे परेशानियाँ तो उन्हें कम लग रही थीं, क्योंकि वे सब एक बड़ी परेशानी को दूर करने के लिए जा

रहे थे और वह परेशानी थी—दीपक और मनोरमा के परिवारों के बीच की गलतफहमियाँ।

दीपक के पापा ने घंटू को कॉल करके अपने दिल्ली आने की सूचना दे दी थी और उससे कह दिया था कि वह दीपक को न बताए। उसे सरप्राइज देने का बोलकर सतीशचंद्र ने दीपक को इस बात की भनक नहीं लगने दी थी कि वे पूरे परिवार के साथ दिल्ली पहुँच रहे हैं।

"घनश्याम, सुनो मैं दिल्ली आ रहा हूँ।" सतीशचंद्र ने कहा।

"अंकल, नमस्ते! कब आ रहे हैं?" घंटू ने पूछा।

"कल सवेरे हम पहुँच जाएँगे। हमारे रहने की व्यवस्था कर देना। मेरे साथ कुछ और लोग भी हैं।" सतीशचंद्र ने बताया।

"ठीक है अंकल, मैं स्टेशन आ जाऊँगा आप सबको लेने।" घंटू ने कहा।

"कल रविवार है। दीपक रविवार को ऑफिस तो नहीं जाता न?" सतीशचंद्र ने पूछा।

"नहीं अंकल, वह कहीं नहीं जाता।" घंटू ने बताया।

इसके बाद घंटू ने फौरन अपने बगलवाले कमरे में रहनेवाले दोस्त को एक-दूसरे दोस्त के कमरे में रहने के लिए मना लिया और उस कमरे को सजा-सँवारकर एक परिवार के रहने के लिए बना दिया। दीपक को इस बात की कानोकान खबर तक नहीं होने पाई।

अगले दिन जब ट्रेन दिल्ली पहुँच रही थी, ठीक उसी समय दीपक का फोन आया घंटू के पास।

"घंटू, तैयार रह, मैं आ रहा हूँ।" दीपक ने अस्पताल जाने के लिए तैयार रहने को कहा।

"नहीं यार दीपक, आज मेरे गाँव से कुछ मेहमान आ रहे हैं। मैं स्टेशन जा रहा हूँ उन्हें रिसीव करने।" घंटू ने कहा।

"तुम्हारे कौन से मेहमान बे? इतने साल से मैं तेरे साथ हूँ, आज तक तो कोई नहीं आया तुमसे मिलने?" दीपक ने शक करते हुए पूछा।

"अरे, ये खास मेहमान हैं। तुम मिलोगे तो पहचान जाओगे।" घंटू ने

हँसते हुए बताया।

"ठीक है फिर, मैं आज दिन भर अस्पताल में ही रहूँगा। अमन सर का ऑपरेशन होना है एक, तो सलोमी ने कहा है कि मेरा रहना जरूरी है। वैसे भी आज संडे है।" दीपक ने बताया।

"चल ठीक है फिर, दोपहर में आता हूँ अस्पताल। गुरप्रीत से भी मिलना है।" घंटू ने कहा। दीपक को यह बात समझ में नहीं आई कि घंटू क्यों गुरप्रीत से मिलना चाहता है!

"लेकिन वह संडे को नहीं आती।" दीपक ने कहा।

"लेकिन आज वह आएगी। अमन सर का ऑपरेशन है न! हा हा हा हा..." इतना कहकर घंटू हँसने लगा और हँसते हुए ही फोन काट दिया। फोन काटने के बाद भी कुछ देर तक मुस्कराता रहा।

दीपक को कुछ भी समझ में नहीं आया कि घंटू और गुरप्रीत के बीच क्या खिचड़ी पक रही थी।

स्टेशन जाकर घंटू दीपक के पापा और मनोरमा के साथ उसके मम्मी-पापा को वहाँ से टैक्सी में लेकर अपने रूम पर पहुँच गया। मनोरमा को देखते ही घंटू पहचान गया कि वह तो दीपक की पत्नी है। उसे शक हुआ कि दोनों के बीच मामला कुछ बिगड़ तो नहीं गया! लेकिन यह बात दीपक के पापा से पूछने की उसकी हिम्मत नहीं हुई।

"दीपक का रूम कहाँ है? इसी मोहल्ले में है, दूर है?" नाश्ता-वाश्ता करने के बाद दीपक के पापा ने पूछा।

"हाँ अंकल, पास में ही है। दोपहर में खाना खाने के बाद चलेंगे।" घंटू ने बताया और लंच की तैयारी करने लगा। कुछ चीजें उसने खुद तैयार कीं और कुछ बाहर से ऑर्डर कर दीं।

सबको दोपहर का लंच कराने के बाद घंटू उन्हें पहले दीपक के रूम पर ले गया। हालाँकि घंटू को यह बात पता थी कि दीपक रूम पर नहीं है, लेकिन दोनों परिवारों की तसल्ली के लिए वह उन्हें ले गया। वहाँ पहुँचकर उसने दीपक को फोन लगाया।

"कहाँ है भाई?" घंटू ने पूछा।

"अस्पताल में हूँ। अमन सर का ऑपरेशन सक्सेसफुल रहा।" दीपक ने बताया।

"अरे वाह, बहुत बढ़िया। मैं भी पहुँच रहा हूँ थोड़ी देर में।" घंटू ने कहा और फोन रख दिया।

करीब आधे घंटे बाद सबको कैब से लेकर घंटू अस्पताल पहुँच गया। जैसे ही सब कैब से उतरकर रिसेप्शन पर पहुँचे, वैसे ही सामने सलोमी आ रही थी। घंटू को देखते ही चहक उठी।

"हैलो यंगमैन! ऑपरेशन वॉज सक्सेसफुल। आई थिंक अमन विल गेट वेल सून।" इतना कहकर सलोमी ने घंटू को गले से लगा लिया। पूरा परिवार इस दृश्य को देखकर हक्का-बक्का रह गया।

घंटू अभी कुछ समझ पाता, तब तक गुरप्रीत भी आ गई और घंटू को 'हाय' बोलकर मुस्कराते हुए इमरजेंसी रूम की ओर बढ़ गई।

"दीपक कहाँ है?" घंटू ने खुद को सँभालते हुए पूछा और दीपक के पापा से नजरें चुराने लगा।

"वह तो कैंटीन में होगा, शायद लंच करने गया है।" सलोमी ने बताया।

"अच्छा, सलोमीजी! ये दीपक के पापा हैं। ये मनोरमा है, दीपक की पत्नी। और ये मनोरमा के मम्मी-पापा हैं।" घंटू ने सबका परिचय दिया तो सलोमी थोड़ी सकपका-सी गई।

'सलोमी' नाम सुनकर तो मनोरमा जैसे सिहर गई और पहचान भी गई कि यह वही औरत है, जिसका नाम दीपक के मोबाइल में सेव है। मनोरमा भीतर-ही-भीतर बहुत रो रही थी, लेकिन वहाँ सबके सामने अपने रुदन का इजहार नहीं कर पा रही थी। उसे सलोमी पर बहुत गुस्सा आ रहा था।

"ओह! आई एम सो सॉरी, घंटू! मैंने इन लोगों को देखा ही नहीं। हैलो अंकल-आंटी, कैसे हैं आप लोग?" सलोमी ने अभिवादन किया। उसके अंग्रेजीनुमा अभिवादन पर सबने बस गरदन हिला दी, लेकिन दीपक के पापा ने कहा, "हम ठी...ठी...ठीक हैं।"

इतना कहकर दीपक के पापा घंटू की ओर मुड़े और कहा, "दीपक के पास ले चलो अभी, तुरंत।" सतीशचंद्र का गुस्सा बढ़ रहा था।

घंटू उन्हें लेकर कैंटीन की तरफ जाने लगा। लेकिन वहाँ पहुँचने से पहले ही दीपक के पापा द्वारा घंटू को बताया गया सरप्राइज कुछ-कुछ समझ में आ गया, जब उसने मनोरमा के माँ-पापा की बातें सुनीं। लेकिन पूरा समझने के लिए उसे दिमाग लगाना था और उसके लिए पहले वहाँ से हटने की जरूरत थी। लेकिन जब तक दीपक मिल नहीं जाता, तब तक वह उन्हें छोड़ भी नहीं सकता था।

"यही दिल्ली है जी, देख रहे हैं न किस तरह औरतें लड़कों से चिपक जा रही हैं और हँसी-ठिठोली करके बात कर रही हैं।" मनोरमा की माँ ने अपने पति रामप्रवेश से कहा।

"कलजुग है मनोरमा की माँ, कलजुग! यही देखना बदा रह गया था हमारे जीवन में कि अपना जमाई ऐसी लड़कियों के साथ रहता है। तुम्हारा शक ठीक था।" मनोरमा के पापा ने कहा तो यह सुनकर मनोरमा रोने लगी।

"वह काम करता है अंकल, रहता नहीं है उनके साथ।" घंटू ने पीछे पलटकर टोका और मनोरमा की तरफ देखने लगा, ताकि उसे थोड़ी सी तसल्ली हो जाए कि दीपक ऐसा नहीं है। वह आगे-आगे चल रहा था।

"तुम रोओ मत बहू, अभी दीपक से चलकर सब सच उगलवाते हैं।" दीपक के पापा ने गुस्से में कहा।

"देख रहे हैं न समधीजी, हमको तो साफ लगता है कि यही दोनों दामादजी को फँसाए हैं।" मनोरमा की माँ ने एक बार फिर अपना शक जाहिर किया। घंटू को यह सब देखकर अच्छा नहीं लग रहा था।

"ये क्या कह रही हैं आंटीजी? आप लोग दीपक से इसलिए मिलने आए हैं?" घंटू ने मनोरमा के माँ-बाप की ओर देखकर सवाल किया।

इस सवाल पर किसी ने कोई जवाब नहीं दिया। दीपक के पापा के चेहरे पर एक बाप का दर्द झलक रहा था, जिसमें यह साफ देखा जा सकता था कि उन्हें अपने बेटे के ऊपर लग रहे आरोपों से बहुत गहरा आघात पहुँचा था।

कैंटीन पहुँचते ही सबकी नजर इधर-उधर बिखर गई और दीपक को खोजने लगी। मनोरमा तो जैसे बेचैन होकर इधर-उधर देख रही थी कि दीपक दिख जाए तो जाकर फौरन उससे सवाल करे। कैंटीन में कुछ कुरसियों पर बैठे दिल्ली के वे तमाम लोग खा-पी रहे थे, जिनके परिजन वहाँ भर्ती थे। उनमें

ढेर सारी महिलाएँ और लड़कियाँ ही थीं। उन सबको देखकर तो मनोरमा की माँ के चेहरे पर और भी सवाल उभरने लगे। उनको लग रहा था कि अगर वे वहाँ अपने बीमार लोगों के लिए आए थे तो कैंटीन में बैठकर खा-पी क्यों रहे थे? उन्होंने मन-ही-मन दिल्लीवालों को कोसा और शहर के लोगों की असंवेदनशीलता पर भुनभुनाने लगीं कि पता नहीं कैसे हैं ये लोग, जो परिजनों को भर्ती करके कैंटीन में दावत उड़ा रहे हैं।

आए दिन कैंटीन में आने-जाने के चलते घंटू और दीपक को वहाँ का वेटर पहचानने लगा था। वेटर ने देखते ही बैठने के लिए कहा तो घंटू ने उससे दीपक के बारे में पूछ लिया। वेटर ने बताया कि दीपक पहले बाथरूम गया और वहीं से दूसरी तरफ के कॉरिडोर से होकर अस्पताल के भीतर चला गया। अकसर अस्पतालों के कैंपस में कुछ डिपार्टमेंट्स में जाने के दो-तीन रास्ते होते हैं। दीपक कैंटीनवाले रास्ते से चला गया था, जबकि घंटू रिसेप्शन के सामनेवाले रास्ते से आया था।

घंटू तेजी से जिस रास्ते आया था, उसी रास्ते मुड़ गया तो सब उसके पीछे-पीछे जाने लगे। सबके चेहरे पर अजीब तरह के सवालिया निशान उभर रहे थे। उन्हें इस तरह इधर से उधर आते-जाते देखकर रिसेप्शन के पास के लोगों को कुछ समझ में ही नहीं आ रहा था कि आखिर माजरा क्या है और वे सब लोग इतने परेशानहाल इधर-उधर किसको खोज रहे थे? उधर घंटू भी परेशान हो रहा था अपने दोस्त की इज्जत को लेकर और उसकी उलझन भी बढ़ रही थी। इस उलझन में उसे यह समझ में नहीं आ रहा था कि वह दीपक को कॉल कर ले। लेकिन जब कैंटीन में दीपक नहीं मिला तो वह दीपक को कॉल करने लगा। पता चला कि दीपक इमरजेंसी रूम में सलोमी और गुरप्रीत के पास है। सलोमी ने उसे बता दिया था कि उसके पापा के साथ उसके सास-ससुर भी आए हैं और उसकी बीवी भी।

सब लोग इमरजेंसी रूम में पहुँचे तो सलोमी और दीपक रूम से बाहर निकल रहे थे। दीपक ने अपने पापा के साथ ही अपने सास-ससुर के पाँव छुए और मनोरमा को एक नजर देखा। उसे सब समझ आ गया था कि माजरा क्या है। वह समझ गया कि उसका मोबाइल मनोरमा के पास छूट जाने से और उस

पर आए ढेर सारे क्लाइंट लड़कियों के कॉल की वजह से उनमें गलतफहमी पैदा हुई होगी और मनोरमा का शक पक्का होने की तरफ बढ़ गया होगा। इस पक्का होने में उसके ससुरालवालों ने उसके पापा को भी शामिल कर लिया होगा तो वे सबको लेकर दिल्ली चले आए होंगे, बिना उसको बताए।

"पापा, चलिए कैंपस में चलते हैं। यहाँ मरीज भर्ती हैं, इसलिए यहाँ बात करना ठीक नहीं रहेगा।" दीपक ने अपने पापा से इतना ही कहा था कि तभी गुरप्रीत रूम से बाहर निकल आई।

"क्या हुआ घनश्याम? सब लोग इतने परेशान क्यों दिख रहे हैं?" गुरप्रीत ने पूछा।

"कुछ नहीं...बस...ये अंकल-आंटी लोग दीपक से मिलने आए हैं।" घंटू ने हिचकिचाते हुए कहा।

दीपक आगे बढ़ गया और सब उसके पीछे-पीछे जाने लगे। अस्पताल में लोग उन सबको एक अजीब ही नजर से देख रहे थे कि पिछले आधे घंटे से ये लोग इधर-उधर क्यों भागे फिर रहे हैं। सबको यह लग रहा था कि इनका कोई मरीज किसी इमरजेंसी केस में है, लेकिन वहाँ तो सबका दिमाग ही बीमार हुआ पड़ा था। किसी को कुछ समझ नहीं आ रहा था। दीपक की अपनी समस्या थी तो घंटू की समस्या दीपक की इज्जत के खराब होने से उपजी थी। मनोरमा की अपनी शक भरी समस्या थी तो उसके माँ-बाप की समस्या उनके दामाद के चक्कर-वक्कर में दिख रही थी। दीपक के पापा की अपनी इज्जत बचाने की समस्या थी तो वहीं सलोनी और गुरप्रीत की समस्या उन सबसे जुड़ गई थी, क्योंकि दीपक वहाँ अमन सर की सेवा में लगा हुआ था। यानी सबकी समस्याएँ सबके चेहरे पर अपनी-अपनी समस्याएँ झलक रही थीं, जिन्हें लोग पढ़कर कौतूहलवश सोच में पड़कर देखे जा रहे थे।

कॉरिडोर से होकर सब लोग अस्पताल के कैंपस में पहुँच गए। चारों ओर कॉरिडोर से घिरे उस कैंपस में खूब सारे पेड़ लगे हुए थे। पूरा कैंपस घास से आच्छादित था और चारों कॉरिडोर के किनारे क्यारियाँ बनी हुई थीं, जिनमें तरह-तरह के फूल मुस्करा रहे थे। एक माली उन फूलों की देखरेख कर रहा था, जहाँ हर क्यारी पर नोट लगा हुआ था—फूल न तोड़ें।

कैंपस में एक घनेरे नीम के पेड़ के नीचे पहुँचकर दीपक रुक गया और बोला, "पापा, आप इन लोगों को लेकर क्यों आए हैं? दिल्ली आने का नहीं तो कम-से-कम आकर तो मुझे बताना चाहिए था, ताकि मैं रूम पर आ जाता।" दीपक ने गुस्से में भरकर कहा।

"अगर बता देते तो आपका यह रूप कहाँ से देखते? हमारा शक सही लग रहा है अब तो।" मनोरमा के पापा ने कहा।

"पहले यह बताओ दीपक कि क्या चल रहा है तुम्हारे जीवन में? मुझे आज सब सच जानना है। ये लोग कह रहे हैं कि तुम्हारा यहाँ लड़कियों से चक्कर-वक्कर है। यह बात मुझसे बर्दाश्त नहीं हुई तो मैं इन्हें लेकर ही चला आया कि सब दूध-का-दूध और पानी-का-पानी हो जाए।" दीपक के पापा ने मनोरमा के माँ-बाप की ओर इशारा करके कहा।

"चक्कर-वक्कर? और किन लड़कियों से?" दीपक ने चौंकते हुए पूछा और अपने सास-ससुर की ओर देखने लगा। उसे अब और गुस्सा आ रहा था।

"किन लड़कियों से क्या दामादजी? आप रूम छोड़कर यहाँ इनके साथ हैं, यह क्या हमें नहीं दिख रहा है?" मनोरमा की माँ ने सलोमी और गुरप्रीत की ओर इशारा करते हुए कहा।

"ये लड़कियाँ? ये आपको लड़कियाँ दिख रही हैं?" दीपक ने सासू माँ की ओर गुस्से में देखकर पूछा।

"एक्सक्यूज मी! आप मेरी माँ की उमर की हैं। आप हम पर यह ऐसा इल्जाम कैसे लगा सकती हैं? हाउ डेयर यू!" गुरप्रीत ने गुस्से में भरकर कहा।

"ओह आई सी...तो यह मामला है! दीपक, अब पूरी तरह से समझ में आ गया कि ये लोग यहाँ क्यों आए हैं।" सलोमी ने बड़े धीरे से कहा। वह जितनी बिंदास औरत थी, उतनी ही समझदार भी थी। सलोमी जानती थी कि दीपक के घरवाले एक गलतफहमी का शिकार हो गए हैं, इसलिए उसने उन्हें समझाने के बारे में सोचा।

"दिमाग तो नहीं खराब हो गया है आप लोगों का?" दीपक चिल्लाया।

"हाँ, हमारा दिमाग खराब हो गया था, जो हम यहाँ आए ये सब देखने

के लिए।" मनोरमा चिल्ला उठी, जो बहुत देर से अपने भीतर गुस्सा पाले हुए थी। उसके इस गुस्से को देखकर सब हक्के-बक्के रह गए। तब सलोमी उसके पास गई और उसके कंधे पर प्यार से हाथ रखकर उसे बैठने के लिए कहा। गुस्से में मनोरमा वहीं धप्प से बैठ गई और रोने लगी।

"अंकल-आंटी, मेरा नाम सलोमी है। मेरे हस्बैंड अमन को लकवा मार गया है और वे यहाँ इमरजेंसी में एडमिट हैं। अमन ने ही पहली नौकरी दीपक को दी थी, इसलिए जब इसे पता लगा कि अमन हॉस्पिटल में हैं तो वह मेरी मदद करने चला आया। घंटू भी अमन के साथ काम कर चुका है। ये दोनों लड़के मेरे लिए फरिश्ते जैसे हैं, जो मेरी मुसीबत में मेरे साथ खड़े हैं। अब रहा सवाल गलतफहमी का तो यह गुरप्रीत है, यहाँ की नर्स। अमन की देखरेख यही करती है। पिछले दो सप्ताह से ये दोनों लड़के अपने ऑफिस का काम करते हुए भी हमारी मदद कर रहे हैं। दीपक का किसी लड़की से कोई चक्कर नहीं है। मैं बता नहीं सकती कि दीपक कितना अच्छा लड़का है। कुछ दिन पहले जब यह अपने घर गया था, तब दो दिन तक घंटू ने मेरी मदद की और दीपक के बारे में सब बताया कि उसका गौना नहीं हुआ है, तब मुझे बड़ा आश्चर्य हुआ। घंटू ने यह भी बताया कि दीपक अपनी पत्नी मनोरमा से बहुत प्यार करने लगा है। इसलिए मैंने उससे बात करने की कोशिश की, लेकिन फोन इसकी बीवी मनोरमा ने उठाया। बस यहीं से गलतफहमी पैदा हुई होगी। अंकल-आंटी, ये बच्चे क्या आपको ऐसे दिखते हैं, जिन पर आप लोग शक कर रहे हैं? यह तो बहुत ही गलत बात है कि बिना जाने-समझे ही इन पर आरोप लगा रहे हैं आप लोग। और मनोरमा, तुम···मैं जब फोन कर रही थी, तब तुम फोन क्यों काट देती थी मेरा नाम सुनकर? कम-से-कम मुझसे बात करती तो मैं तुम्हें सब बताती। लेकिन तुमने सबसे ज्यादा दुःख अपने पति को दिया है, उस पर विना वजह शक करके। तुम्हें समझना चाहिए कि दिल्ली जैसे शहर में ये बच्चे कितनी मेहनत से काम करते हैं, इनके पास एक मिनट का भी टाइम नहीं होता किसी से बात करने का। फिर भला ये किससे चक्कर चलाएँगे?" सलोमी ने बिना रुके एक साँस में सब कह दिया।

मनोरमा एकदम चुप हो गई और दीपक की ओर अफसोस भरी नजर से देखने लगी। दीपक के पापा के चेहरे पर कुछ गर्व का उभार नजर आने लगा, जो मिर्जापुर से चलने के वक्त से ही कहीं खो गया था। वहीं मनोरमा के माँ–पापा भी दुःखी मन से माफी माँगने की मुद्रा में आ गए थे।

"सलोमी मैम, आई एम सो सॉरी कि आपको ये सब देखना पड़ा।" दीपक ने कहा।

"डोंट से सॉरी, दीपक! ये हमारे बड़े–बुजुर्ग हैं, इन्हें समझना चाहिए कि अब तुम लोग बच्चे नहीं रह गए हो। तुम्हारी उम्र 25–26 की हो चुकी है और तुम शादीशुदा होकर भी अकेले रह रहे हो, यह क्या अच्छी बात है।" सलोमी ने फटकारा।

"वो जी, हमारे यहाँ की परंपरा है शादी के कुछ साल बाद गौना…।" मनोरमा के कहा।

"ठीक है, परंपरा है, तो फिर शक क्यों कर रहे हैं आप लोग? आपको यह जानना क्यों जरूरी है कि लड़के का चक्कर चल रहा है कि नहीं? क्या आप लोगों की परंपरा में यह बात भी शामिल है?" सलोमी के इस सवाल के बाद तो किसी ने कुछ भी नहीं बोला।

"ऐसी पुरातन प्रथा या परंपरा को अब तोड़ देना चाहिए और जितना जल्द हो सके दीपक और मनोरमा का गौना होना चाहिए।" सलोमी ने मनोरमा के पापा की ओर देखकर कहा।

"आप सही कह रही हैं। हम अपने बच्चों को समझ नहीं पाए। हमसे बड़ी गलती हो गई।" मनोरमा के पापा ने कहा। यह कहना ही अपने आप में काफी था, बजाय इसके कि माफी माँगते। अपनी गलती मान लेना ही माफी माँग लेने के बराबर होता है।

"दामादजी, आपको अब कब छुट्टी मिल सकती है घर जाने के लिए?" मनोरमा की माँ ने पूछा।

"मैं तो कहता हूँ कि हमारे साथ ही चलो, दीपक! और गौने के बाद बहू को लेकर यहाँ आ जाओ।" दीपक के पापा ने कहा तो मनोरमा के पापा झट से उनके गले लग गए।

"माफ कीजिएगा समधीजी, हम अब ऐसी गलती नहीं करेंगे। हम फौरन ही इनका गौना कर देना चाहेंगे।" मनोरमा के पापा ने गले लगे हुए ही कहा।

इतना सुनते ही एक-एक करके सबके चेहरे पर खुशी उभरने लगी। मनोरमा दीपक को देखने लगी तो वहीं घंटू गुरप्रीत को देखने लगा। सलोमी अपने हाथों में मनोरमा की माँ का हाथ लिये ढाढ़स देने लगी कि सब ठीक हो जाएगा।

तभी दीपक के पापा की नजर घंटू पर पड़ी, जो लगातार गुरप्रीत को देखे जा रहा था।

"और भई घंटू! अब तुम भी शादी कर लो, गुरप्रीत अच्छी लड़की है।" दीपक के पापा के यह कहते ही सब जोर से हँस पड़े।

घंटू और गुरप्रीत शरमाते हुए एक-दूसरे के चेहरे से नजर हटाकर नीचे देखने लगे। उनके दिल में जो चोर था, वह अब उनके चेहरे पर आकर बैठ गया था। तभी सलोमी ने इस राज का परदाफाश किया कि गुरप्रीत और घंटू एक-दूसरे को चाहते हैं और जल्दी ही इनके घरवालों से वह बात करके उनकी शादी कराएगी।

दीपक सबको लेकर पार्किंग में आया। कार का अगला दरवाजा खोलकर अपने पापा को बिठाया और फिर पिछली सीट पर मनोरमा और उसके माँ-पापा को बिठाया। सबको लेकर आधे घंटे में वह अपने रूम पर पहुँच गया।

रूम पर पहुँचकर दीपक ने सबसे पहले उन सबके जाने का ट्रेन टिकट लिया, जो एक दिन बाद का मिला। मनोरमा के पापा ने दीपक से कहा कि वह भी साथ चले, ताकि जल्दी से गौना हो सके।

"दामादजी, आप भी चलते हमारे साथ तो अच्छा रहता।"

"नहीं पापाजी, अभी कुछ ही दिन पहले मैंने छुट्टी ली थी। आप लोग जाइए और गौने का दिन-तारीख तय करके हमको बता दीजिए, फिर उसी हिसाब से हम छुट्टी लेकर आ जाएँगे।" दीपक ने कहा तो सब मान गए।

सबके चेहरे पर एक अनोखी सी खुशी झलकने लगी। दीपक अब उनके लिए खाने के इंतजाम में जुट गया। मनोरमा जल्दी से दीपक के साथ जाकर उसके किचन में हाजिर हो गई। उन दोनों की निगाहें मिलीं। दोनों के मन में

एक–दूसरे को लेकर गिले–शिकवे मचल रहे थे। लेकिन सवाल यह था कि पहल करे कौन! लेकिन अगर किसी को पहल करने की मजबूरी थी तो वह मनोरमा की ही थी। इसलिए थोड़ा सकुचाते हुए मनोरमा ने अपनी गलती के लिए दीपक से माफी माँगी तो दीपक ने उसे झट से गले से लगा लिया। दोनों के दिलों के बीच प्रेम की एक धारा फूट पड़ी। काफी देर तक दोनों एक–दूसरे की बाँहों में भरे हुए एक–दूसरे को महसूस करते रहे। थोड़ी देर बाद दीपक ने ही मनोरमा से कहा कि चलो, अब सब ठीक हो गया। मनोरमा ने मुस्कराकर हामी भरी और जल्दी से सबके लिए चाय बनाने की तैयारी करने लगी। और कुछ ही देर बाद सब मुस्कराते हुए एक साथ बैठकर चाय पीने लगे। सब ऐसे हँस–हँसकर बातें कर रहे थे, जैसे कुछ हुआ ही न हो। परिवार ऐसे ही होने चाहिए, जो गलतफहमियाँ दूर होने पर एक–दूसरे के साथ घुल–मिलकर रहने लगें।

□□□